KB098515

어딘가에 두고 온 어느 날의 나에게

최영희

채륜서

추천하는 말, 하나

최영희. 그녀를 처음 만났을 때가 기억난다. 여린 소녀 같은 얼굴에는 '나는 착한 사람이고 배려를 잘 하고 눈물도 곧잘 흘립니다'라고 쓰여 있었다.

그녀의 첫 책은 그녀 자신을 꼭 닮았다. 주변 모든 사람을 사랑하고 오늘의 삶에 감사하며 하루하루 열심히 살아가는 그녀의 모습이 책 속 문장들과 오버랩되어 읽는 내내 가슴이 따뜻했다.

우리는 삶의 무대에서 많은 배역을 맡는다. 특히 가정을 꾸리고 아이를 낳은 여성들은 엄마와 아내의 배역, 딸과 며느리의 배역을 동시에 맡는다. 워킹맘이라면 여기에 사회인의 배역이 추가된다. 인생이라는 한 편의 연극에서 1인 다역을 소화해내야 하는 것이 우리의 미션이다. 어찌 고단하지 않을 수 있을까.

이 다양한 관계의 그물망 속에서 삶이 주는 기쁨과 행복을 놓치지 않기 위해서는 내 스스로 관계를 주도해 나가야 한다. 이미 연극이 시작된 무대 위에서 맡은 배역에 최대한 몰입하고 충실해야 한다. 수처작주. 가는 곳마다 주인이 될 때 우리의 관계는 봄날의 꽃으로 피어나고 우리 삶에는 향기가 넘칠 것이다.

그녀는 이것을 너무나 잘 알고 있다. 성장기에 그녀는 많이 비교하고 쉽게 상처받고 늘 주눅들어 있었다. 하지만 이젠 누구보다 자기 자신을 사랑하며 산다. 젊은 나이에 암에 걸려 세상에 당연한 것은 없다는 깨달음을 얻었고 모든 날 모든 것들에 감사하는 마음으로 세상을 살게 되었다. 이제 그녀는 누구 못지않은 일상 예찬론자가 되었다.

그녀는 오늘도 자신이 맡은 배역에 최선을 다한다. 상대 배우는 늘 내 뜻대로 움직이지 않지만 그래도 괜찮다. 그간 살면서 깨우친 행복의 주술을 외우고 긍정의 묘약을 뿌리면서 오늘도 기쁘게 상대방을 리드한다. '나는 지금 이대로 충분해'라는 최고의 행복 레시피를 손에 들고 멋지게 무대를 장식한다. 참 괜찮은 인생이다.

청울림(유대열)_ 다꿈스쿨 대표,

《나는 오늘도 경제적 자유를 꿈꾼다》 저자

추천하는 말, 둘

우리는 여자로 태어나 아내 역할도 처음이고 엄마도 처음이라 서투르다.

최영희 작가가 29살에 암에 걸리고 나서 자신을 들여다보게 되는 이야기.

돈과 성공만을 좇는 현실에서 자신을 찾고 행복을 들여다볼 수 있게 도와주는 일상을 그린 책.

평범한 것이 가장 비범하다는 깨달음이 온다.

김유라_《아들 셋 엄마의 돈 되는 독서》 저자

추천하는 말, 셋

어린 시절 한 번도 보물찾기에서 보물을 찾지 못했다. 다른 친구들보다 더 부지런히 찾았지만 역시 보물은 내 차지가 아니었다. 있는 그대로를 사랑할 줄 아는 그녀의 순수한 고백을 듣고 있으니 보물이 왜 내게 오지 않았는지 알겠다. 사춘기 소녀의 설렘이 전해져 온다. 내 안의 보물을 찾고 싶은 사람들과 함께 읽으며 잡히는 대로 보물을 줍고 싶다. 저 밑바닥에서 끌어올린 울림을 정성스레 담아 모두에게 전하는 작가의 음성에 깜짝 놀란다.

김미아_ 글쓰기 강사, 《F5, 내 삶의 이야기》 저자

시작하는 말

한 가정을 이루며 분명 이상적인 가정을 꿈꿨다. 하지만 시간이 지날수록 나라는 사람은 점점 흩어졌다. 흩어지고 흩어져 사라질 것만 같았다.

엄마의 자리에서, 아내, 며느리, 딸이라는 관계 속에서 행복하지 않은 것은 아니었지만, 관계 안에서 휩쓸리거나 상처받기 일쑤였다. 늘 괜찮은 나였지만, 전혀 괜찮지 않은 나였다.

곰곰이 생각해보면 흩어지게 하는 사람은 관계 속 상대방이 아니었다. 그 누구도 아닌 나 자신이었다. 나를 스스로 사라지게 만들고 있었다. 어떤 관계의 개선보다 스스로와의 관계가 더 중요했다.

나 자신과의 관계 개선은 과거의 부정하던 나를 인정하고, 부족한 나를 사랑하는 것으로부터 시작되었다. 먼저 나를 돌보니, 다른 이들과의 관계는 점차 건강해졌다.

벅차고 힘들게만 느껴졌던 육아에서 아이는 사실 엄마가 가르쳐야 하는 대상이 아니었다. 오히려 엄마가 아이에게 배워야 함을 깨달은 이후부터는 육아가 힘들게 느껴지지 않았다.

남편에 대해 잘 안다고 생각했지만, 착각이었다. 삐뚤어진 나였기에, 잘못된 시선으로 그를 바라보았다. 있는 그대로의 그를 바라보니, 모든 오해가 이해로 바뀌었다.

늘 누군가에게 잘했다고 칭찬받고 사랑받기 위해 혹은 인정받기 위해 노력했지만, 이제는 그러지 않는다. 스스로에게 잘했다고 칭찬하고, 사랑해주며, 인정해준다. 부모에게 자식이 귀하듯, 우리 모두는 이미 귀한 존재이다.

다른 어떤 누구보다도 자신을 먼저 사랑하자. 사랑은 넘치면 자연스레 옆으로 흐른다. 나와 나 자신의 관계가 굳건하다면, 어떤 힘든 역경에도 상처받거나 휩쓸리지 않을 수 있다.

짙은 어둠 속일지라도
메마른 사막일지라도
닿지 않는 깊은 곳일지라도
진심은 피어난다.

피어난 진심은, 하늘에 닿을 것이다.

차례

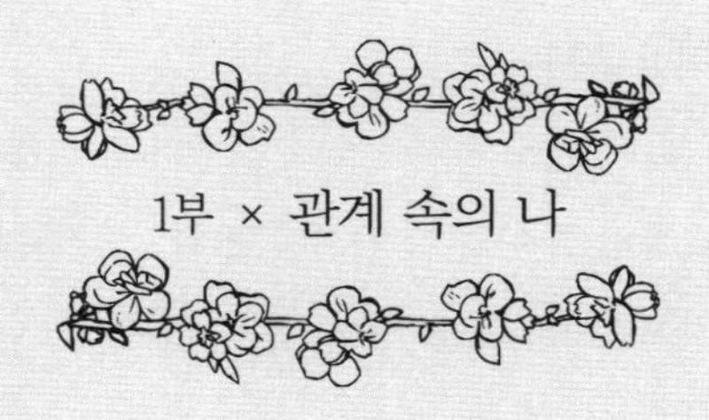

1장 아이에게 배우는 엄마

2장 남편을 알아가는 아내

3장 부모의 뒷모습을 보는 자식

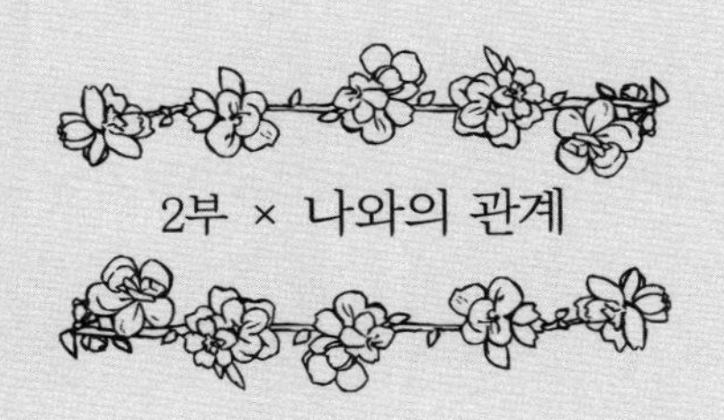

4장 나를 돌아보며 과거 벗어나기

5장 나를 사랑하며 현재 집중하기

6장 나를 놓아주며 미래 그려보기

내 흔들림은 결코 당신 탓이 아니다

1부

관계 속의 나

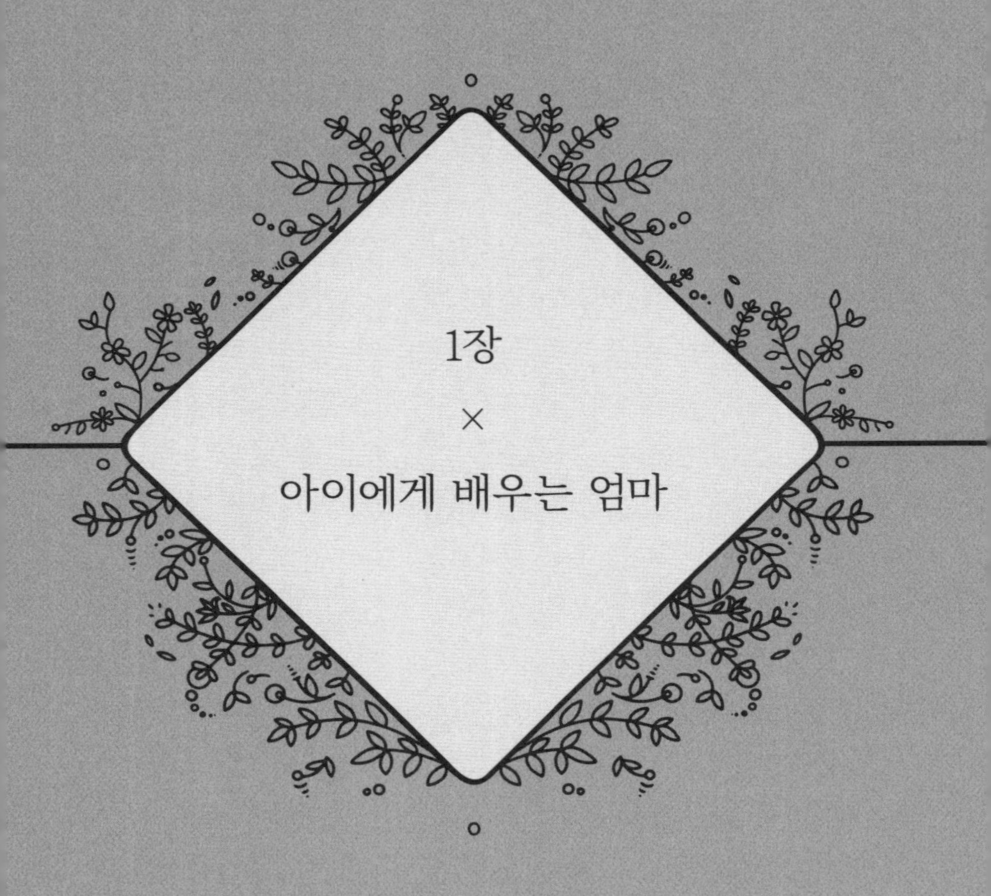

1장 × 아이에게 배우는 엄마

자라거라, 자라거라

'자기 전 아이에게 책 읽는 습관을 꼭 길러줘야지'라고 생각한 지 얼마나 되었을까. 저녁을 차리고 먹고 치우고 설거지하고 아이까지 씻기면 어느새 만사가 귀찮아진다.

아이에게 잠자게 눕자고 하면 온갖 짜증을 내며 더 놀고 싶다고 떼를 부린다. 그런 아이를 받아주며 지쳐간다. 그러다가 문득 책이 생각난다. '에라~ 모르겠다'라는 생각이 쓰나미처럼 몰려온다. 하루가 지나고, 이틀이 지나며 죄책감이 든다. '책이 뭐라고' 하는 생각에 미치자 정신이 번뜩 든다.

'아니야. 나는 엄마잖아. 책 읽어주는 것이 귀찮다면, 아이를 귀찮다고 생각하는 것이나 다름없어. 그러니 기분 좋게 읽어 주자.'라고 생각을 고친다. 힘든 날에는 이야기로 대신해보자는 다짐을 하며. 며칠이 지나고 어김없이 힘든 날이 찾아왔다.

"승호야. 엄마가 재미있는 이야기 해줄게. 옆에 누워 볼래?"

"이코(신나면 하는 말) 좋아!"

"똥 이야기야. 들어봐! 호야가 길을 걷고 있었어. 그런데 한쪽에 똥이 있지 뭐야. 그냥 지나치지 않고 호야는 똥을 한참 동안 바라보았어. 그리고 똥에게 말을 걸었지.

'안녕? 똥아. 너 심심하겠구나.' 호야가 물었어.

'안녕?! 호야. 다들 나를 보면 더럽고, 냄새난다고 피하기 바쁜데. 이렇게 나에게 말을 걸어주는 사람은 호야가 처음이야. 너에게 선물을 줄게.' 똥이 말하며 선물을 주었어. 선물은 초콜릿이었어. 호야는 똥이 준 선물이라 찝찝했지만, 버리지 않고 집으로 가지고 왔어. 하지만 똥을 만졌다는 생각에 기분이 좋지 않았어. 호야는 똥이 준 초콜릿을 엄마에게 보여주며 말했어."

승호는 책을 읽어 줄 때보다 더 집중하는 모습이었다.

"'엄마, 엄마! 집에 오는 길에 똥이 선물이라고 초콜릿을 줬어요. 똥으로 만든 먹지도 못하는 초콜릿이면, 똥이 나를 놀리려고 준 것이 아닐까요? 흥.'이라며 엄마에게 말했어. 호야 엄마는 기분 좋은 웃음을 지으며 얘기했어.

'호야. 그렇지 않아. 똥은 호야 너에게 고마워서 진심으로 선물을 주고 싶었던 걸 거야.'

호야는 엄마 말을 듣고 갑자기 부끄럽다는 생각을 했어. 똥에게 미안하다는 생각을 하게 되었지. 그래서 똥에게 고맙다는 말을 해야겠다고 생각하며 다시 똥에게 가려고 집을 나섰어. 그런데 갑자기 장대비가 내리는 거야. 우산을 쓰지 않고는 갈 수 없을 정도의 사나운 비였어. 호야는 망설여졌어. 비가 너무 무섭게 내렸거든. 그렇지만 똥에게 꼭 고맙다는 이야기를 하고 싶었어. 그래서 용기를 냈지. 우산을 멋지게 펼치고 똥에게 뛰어가듯 걸어갔어. 멀리서 똥이 보였어. 그런데 아까의 똥과는 조금 다른 모습을 하고 있었어. 굵고 건강했던 똥이 반절은 없어져 버린 거야."

"똥이 왜 없어져?"

"비가 너무 많이 내려서 그랬나봐. 호야는 그런 똥에게 다시 말을 걸었어.

'똥아… 아까….'라고 말을 했지만, 빗소리가 너무 커서 호야의 말소리가 잘 들리지 않았어.

'호야. 비가 너무 많이 와서 외롭고 무서웠는데 또 와주었구나. 고마워.' 똥은 힘겹게 말을 이어갔어.

'이대로… 나는 흙 속으로… 들어가게 될 거야. 안녕 호야….'"

여기까지 이야기한 순간, 옆에 누워 있던 승호가 갑자기 이불을 뒤집어쓰고 꺼이꺼이 울기 시작했다. 너무 당황한 나는 어찌할 바를 몰랐다.

순수한 승호의 모습이 너무 귀여워서 웃음이 나오면서도, 너무 슬프게 우는 승호를 보며 눈시울이 붉어졌다. 그래서 이야기를 끝내면 안 되겠다는 생각이 들었다.

"승호야 이야기 아직 끝나지 않았어. 똥도 죽은 게 아니야. 똥은 장대비를 타고 땅속으로 들어갔지만, 따뜻한 햇볕을 받고, 호야의 진심 어린 사랑도 받으며 며칠이 지났어. 그랬더니 뿍 하고 새싹이 올라왔어. 여리디여린 연둣빛을 내뿜었지만, 그 어떤 새싹보다 건강해 보였어. 똥이 새싹으로 다시 태어난 거야. 승호가 이 새싹에 이름을 지어줄래?"

물음에 살며시 이불을 내리고 그렁그렁한 눈으로 쳐다보며 끄덕였다.

"스파이더맨 나무요"라고 울먹이며 말하는 승호.

"하하. 그럼 우리 스파이더맨 나무 보러 갈까?"라고 말하며 일어섰다. 마침 베란다에 막 자라나는 새싹이 있었다.

"스파이더맨 나무도 승호가 물도 주고 사랑도 주면 승호처럼 무럭무럭 자랄 거야."

말이 끝나자마자 호스를 틀어 물을 주는 승호를 보며 입가에 미소가 번졌다. 쉽게 잠들지 못한 밤이었다. 초등학교 들어가기 전에 학원도, 학습지도 미리 한다는 주위 엄마들 말에 많은 고민을 했던 것이 무안하고 미안할 정도로 느껴졌다.

이미 아이는 충분하다. 오히려 배워야 할 사람은 엄마라는 생각이 들었다.

나의 순수함은 언제 어디로 사라진 걸까. 어디에서 잃어버린 걸까. 항상 머릿속은 계산하느라 늘 복잡했다. 복잡한 하루를 사느라 늘 피곤했다. 매일 돈 계산, 관계 계산, 심지어 미래까지 계산한 내가 부끄러워 한참을 반성했다. 그리고 기도했다.

'승호야. 이대로만 건강하게 자라거라. 자라거라. 푸르르고 푸르르게 자라거라. 자라거라.'

승호가 제법 컸다는 것을 머리를 감기면서 알게 됐다. 눈을 질끈 감고 양손으로 귀를 접어 고개를 숙이며 '엄마, 됐어'라고 외친다. 어르고 달래도 머리 감는 것은 싫다고 하던 아이는 어디 가고, 금세 엄마의 숙제를 하나 덜어주는 고마운 아이이다. 그래도 오랫동안 고개 숙인 자세로 머리를 감기엔 아직은 무리가 있는지 샴푸가 깨끗하게 씻겨 내려가기도 전에 '그만! 그만!'이라고 외치는 아이와 '조금만 더!'라고 외치는 엄마는 실랑이를 벌인다.

고개 숙인 자세로 머리를 감긴 지 얼마 지나지 않아 길게 자란 머리를 이발하러 미용실에 향했다. 승호 머리를 이발하다 말고 두피를 보더니, 두피 관리에 조금 더 신경써주는 게 좋겠다는 말을 들었다.

아무래도 두피에 각질이 일어나는 것이 샴푸가 제대로 씻겨 내려가지 않은 탓인 거 같았고, 귀찮다는 생각에 엄마의 샴푸를 승호가 같이 쓴 것이 문제가 되었던 것 같다.

엄마의 편함으로 승호의 어딘가를 불편하게 만들었다는 생각에 죄책감이 밀려왔다. 아직은 엄마의 사랑을 듬뿍 받아야 하는 시기라는 것을 다시 느끼며, 그날 저녁부터는 당분간 눕혀서 머리를 감겨 주겠노라 마음먹었다.

며칠째 승호에게 미용실 놀이하자며 미용실에서처럼 누워서 머리를 감자고 하니 마냥 좋아한다. 서서 편하게 머리를 감기다 쭈그려 앉아서 머리를 감겨주려니 역시 힘들다. 한참 머리를 감기고 어깨를 잡아주며 앉혔다. 마지막으로 헹구고 나가자고 다시 샤워부스 쪽으로 와보라고 몇 번을 말했지만, 세면대 쪽에 쭈그려 앉아 꼼짝하지 않는 승호다.

들은 척도 하지 않는 승호를 보며 슬슬 열이 오르기 시작했다. 화장실 바닥에 미끄럼 방지 매트를 깔아 두었기 때문에 될 수 있으면 물이 튀지 않게 노력 중이었다. 하지만 이런 엄마 마음을 알 리 없는 승호는 매트에 물을 뚝뚝 떨어뜨리며 미소까지 짓고 있었다. 내 인내심은 한계에 다다랐고, 목소리에도 힘이 들어갔다.

"승호야, 얼른 마무리하고 나가게 이리 오라니깐!"

'…(방긋)'

"어서!! 엄마가 몇 번을 말하는 거야! 엄마가 말하면 대답도 좀 하고, 말 좀 들어줬으면 좋겠어! 응?"

세월아 네월아 속이 터진다. 빨리 씻겨 머리 말려주고, 쌀 씻은 다음 반찬이랑 찌개랑 밥할 생각에 마음이 급한데 말이다. 호통을 쳐가며 머리를 헹구고 한숨을 쉬어가며 머리를 말린다. 그 와중에도 뭐가 그렇게 좋은지 방긋 방긋 웃기 바쁘다.

"승호야. 뭐가 그렇게 좋아? 혼자만 좋지 말고 엄마한테도 말해줘."

"응 히히. 아까 물이가 볼에 뽀뽀하며 지나갔어."

"응? 뭐가 뽀뽀해?"

"물이가. 승호 좋은가봐. 히히."

쪼그려 앉아서 자기만의 세계에 빠져 있었던 승호 귀에 엄마의 말이 들릴 리가 만무했다. 물이 자신에게 고백하고 있는 그 순간에 집중하고 있던 것이다. 엄마 말 좀 들어줬으면 좋겠다고 한참을 윽박지르던 나의 모습이 스쳐 지나가며 승호에게 미안해졌다. 엄마의 세계에만 맞춰달라고 협박하는 깡패가 된 기분이었다.

쪼그려 앉아 있는 승호에게 '뭐해? 왜 그래?' 이렇게 한 번도 물어보지 않았다. 아니 그런 생각 자체도 들지 않았다. 지금이 몇 시인지, 저녁은 무엇을 해야 하는지, 냉장고에 어떤 재료가 있는지 생각하기 바빠 승호의 행동은 궁금해하지도, 그 순간에 집중하지도 못했다.

밥이 조금 늦게 된다고 해서 맛이 없는 것도, 굶어 죽는 것도 아닐 텐데. 나는 얼마나 많은 과거와 미래들의 걱정과 고민거리로 인해, 지금 이 순간의 소중한 고백들을 듣지 못하고 있는 걸까.

어른들은 애써 지금 이 순간을 살아가야 된다고 배우고, 의식하고 깨우치려 노력한다. 하지만 아이들은 의식하지 않아도 매 순간 순간을 살아가고 있다. 이미 완벽하게 순수한 아이들에게 그 어떤 것도 함부로 주입시키지 않아야겠다고 생각했다.

"승호야. 엄마가 물과의 데이트를 방해해서 미안해. 그런데 엄마에게 물의 고백은 어떤 느낌인지 말해줄 수 있을까? 물에게 뽀뽀 받으면 어떤 기분인지도 알려줄 수 있을까? 엄청 궁금하다."

어린이집은 왜 가야 해?

“엄마, 어린이집은 왜 (훌쩍) 계속 계속 (훌쩍) 가야 해?”

눈물을 글썽이며 묻는 아이에게 아무리 정신없는 아침이라도 차마 아무렇게나 대답할 수가 없다.

“승호는 왜 어린이집에 가기 싫어?”

대답 없이 닭똥 같은 눈물을 뚝뚝 떨어뜨리는 아이를 보면 마음이 아프다.

“친구들이랑 노는 것이 재미가 없어?”

“아니”

“그럼 선생님이 무서워?”

울음을 참으며 고개를 내젓기만 할 뿐, 말을 하지 않는다.

“음. 어린이집에서 낮잠 자는 게 싫어서 그렇구나? 그건 엄마가 선생님한테 이미 이야기해놨어.”

“….”

“승호가 엄마한테 말해주지 않으면 엄마는 승호 마음을 알 수가 없어.”

“…엄마랑… 헤어지는 거 싫어.”

예상치 못한 승호의 대답에 당황스럽다. 어린이집이 싫어서가 아니라 엄마가 좋아서 어린이집에 가기 싫다는 말에 한참을 안아 주었다.

"헤어지는 게 아니야 승호야. 엄마랑 잠깐 떨어져 있는 거야. 점심 먹고 조금 놀다 보면 금방 다시 만날 거야. 그리고 또 계속 엄마랑 붙어 있을 거야."

만 4살이 되는 과정에서 질문이 부쩍 늘었다. 엄마랑 헤어지기 싫다는 말에 답은 했지만, 사실 어린이집에 왜 가야 하냐는 질문에는 답을 하지 못했다. 일을 다닐 때는 하루라도 더, 조금이라도 빨리 같이 있기를 원했다. 하지만 일을 하지 않을 때에는 집에서 한 달조차 함께 보내는 것이 힘들었다.

이런 마음을 알고 있는 엄마는 죄인이다. 어린이집에 가야 하는 이유는 물론 존재하지만, 무조건적이지 않다는 것을 알기에 스스로에게 죄책감이 든다. 이 죄책감은 아이를 두고 복직해야 했던 순간부터 오랜 시간 나를 괴롭혀왔다.

회사에 다녔던 그때의 나라면, 일을 하든 하지 않든 한없이 죄책감의 늪에서 빠져나오지 못했을 것이다. 하지만 이제는 안다. 모든 순간이 엄마일 수는 없다는 것을. 엄마라는 막중한 임무를 잠시 내려놓을 시간이 필요하다는 것을.

온전히 나 자신을 위한 시간을 가짐으로써 방전됐던 에너지가 충전되며, 생활과 삶의 질이 자연스럽게 올라간다. 예민한 반응보다는 부드러운 반응을 하게 되며, 부정적인 사고보다는 긍정적인 사고를 갖게 된다. 무엇보다도 나 자신을 위해 무언가를 한다는 것은 그 자체만으로도 행복한 일이다.

아이가 행복한 걸 보면 엄마가 행복하듯, 행복한 엄마를 보며 아이 또한 행복하게 자라날 것이라 믿는다. 그렇기 때문에 이제는 집에 있으며 회사에 다니지 않는 엄마지만, 어린이집에 보내는 것에 자책하지 않는다. 스스로 죄인이 되지 않는다. 미안한 감정으로 아이를 대하기보다는 행복한 감정으로 아이와 함께한다.

그 모든 감정을 아이도 무의식중에 느끼리라. 그리고 행복한 아이로 자라리라.

영웅 상자

이제 승호는 네 살 차이 나는 형과 제법 대화가 통한다. 여행 도중 버스 옆자리에 함께 앉아 침을 튀겨가며 끊임없이 이야기를 한다. 무슨 이야기를 그렇게 재미나게 하는지 끼고 싶은 충동이 생기게 만든다.

아이들은 나뭇잎 떨어지는 것만 보아도 즐겁다던데. 같은 순수함에 통하는 것일까. 이야기의 주제는 영웅이다. 슈퍼맨과 배트맨에 이어 마블시리즈에 나오는 영웅들이 차례대로 등장한다. 승호는 아이언맨, 스파이더맨, 헐크의 등장에 그치지만, 형은 스킬까지 나아간다. 대화 도중 한숨 소리가 가끔 새어 나온다. 슈퍼맨과 배트맨을 마블 영웅 사이에 끼워 이야기하는 것을 참지 못하는 형이다.

“헐크가 부숴버리는데 슈퍼맨이 나타나서…”

“아! 슈퍼맨은 DC라서 마블에 나올 수가 없어! 아! 답답해. 몇 번을 얘기하는 거야!”

어린이집 다니는 동생과 초등학교 다니는 형의 대화가 결국 한계에 다다랐나보다. 옆에서 듣고 있자니 귀여워서 웃음이 나온다.

엄마도 잘 모르는 영웅 세계에 고급정보들까지 술술 이야기해주는 형은, 승호 마음에 쏙 들었다. 여행 내내 '형은? 형아 어디 갔어?'를 연발하는 승호다.

여행에서 돌아와 남편이 자랑스러운 듯 말했다.

"승호가 형이랑 대화가 통해서 뿌듯했어."

보람을 느끼는 남편과는 달리, 나는 공감하지 못할 뿐 아니라 남편의 말에 당황스러움을 느꼈다. 아이들의 대화가 마냥 귀여워 웃기는 했지만, 사실 씁쓸했다. 남편과 달리 승호가 매체에 빠져있다는 생각에 스스로 부끄러웠다.

결혼 전부터 식당에 가면 어른들은 서로 이야기를 하며 밥을 먹고, 아이는 옆에서 스마트폰을 보고 있는 장면을 많이 봐왔다. 그래서 나는, 아이를 낳기 전에 스스로 텔레비전이나 핸드폰과 같은 바보상자에 아이를 맡기지 않겠노라 다짐했었다.

시간이 흘러 결혼을 하고 우리 아이가 그때 그 아이의 나이가 되었다. 아이와 함께 외식이라도 하는 날이면, 입으로 먹는지 코로 먹는지. 스마트폰 없이는 제대로 밥을 먹기가 힘들었다. 그 옛날 스스로 했던 다짐은 온데간데없이 사라졌다. 그저 외식을 나왔으니 따뜻한 밥 한 끼 제대로 먹고 싶다는 마음만 남았을 뿐.

육아 책을 보면 대부분 아이에게 텔레비전이나 휴대폰은 절대 보여주지 말라고 나와 있다. 마음의 여유가 없던 나는 한동안 '나'와 '좋은 엄마' 사이에서 길을 헤매고 다녔다.

아이에게 텔레비전이나 휴대폰을 보여준 날이면 나에게 채찍을 휘둘렀다. 지키지 못할 다짐은 왜 했냐며 비난하기도 하고, 휴대폰에 아이를 맡기고 행복하냐고 스스로 자책하며 힘들어했다.

불똥은 승호에게까지 튀었다. 엄마가 틀어주니깐 재미있어서 보고, 생각나니깐 자꾸 보고 싶어져 떼를 쓴 승호는 엄마에게 야단을 맞아야 했다.

물론 텔레비전이나 휴대폰이 무조건 나쁘다고 생각하지는 않는다. 잘만 이용하면 아이에게 좋은 선생님이 될 수 있을 것이다. 하지만 승호는 엄마의 바람대로 텔레비전을 선생님 삼지는 않는다. 텔레비전에서 비추는 온갖 자극적인 것에 빠져든다. 그래서 어느 날에는 텔레비전을 작은 방에 숨기고 승호에게는 텔레비전이 여행 갔다고 둘러댄 적도 있다. 하지만 적은 가까이에 있다고 했던가. 얼마 가지 않아 친정에 다녀온 어느 날 텔레비전은 버젓이 제자리로 돌아와 있었다. 텔레비전을 아예 없애버리려 시도했지만, 그것이 남편의 유일한 낙이라는 사실을 안 뒤에는 차마 없앨 수 없었다.

텔레비전과 휴대폰의 전쟁에서 헤어나오지 못할 것 같았던 그때와 다르게 요즘은 아이와 함께 규칙을 정하고 지켜 나간다.

"엄마 밥하는 동안 몇 개 볼 거야?"

"다섯 개!"

"너무 많은 거 같은데."

"그럼 세 개!"

“딱 세 개만 보고 승호가 끄는 거야 알았지?”

“알았어.”

“약속!”

“약속!”

딱 세 개를 보고 끄는 승호에게 칭찬을 아끼지 않는다. 떼를 쓰는 날도 있지만, 그 정도는 애교로 받아줄 여유가 생겼다. ‘나’와 ‘좋은 엄마’ 사이에 균형을 맞추며 더 이상 나를 자책하지 않는다.

잠자리에서 승호에게 옛날이야기를 해주는 날이면 못된 인물들이 등장한다. 흥부와 놀부에서 놀부 같은 인물을 만나는 날이면 승호는 영웅을 등장시킨다. 그리고 영웅은 도깨비 대신 놀부를 혼쭐 내준다. 그래서 나는 믿는다. 승호의 삶 또한 못된 등장인물들로부터 영웅들이 지켜줄 것임을. 스스로 억제 가능한 텔레비전과 휴대폰은 바보상자가 아니라 영웅상자인 것임을.

눈물이란 언어

내 자식보다 예쁘다는 손주에 대한 사랑을 어디에 비교할 수 있을까. 남편의 이직으로 인해 이사하게 되어, 두 시간 가까이 고속도로를 달려야 만날 수 있게 된 시댁과 친정. 매주 보던 한참 예쁜 세 살의 손주와 갑작스레 생이별을 하게 되어 얼마나 보고 싶으실까 하는 생각이 들었다. 제법 큰 승호는 그 사랑을 아는지, 양가 할머니 할아버지를 만나고 돌아오는 길이면 헤어짐에 크게 아쉬워한다. 돌아오는 차 속에서는 평소와 달리 조용하다.

"엄마! 할머니 할아버지 언제 또 만나?"

"조금만 지나면 명절이 돌아오니, 금방 또 만나겠다."

"그럼 몇 번 자면 만나?"

"음. 서른 밤쯤 자면 또 만나겠다."

"세 번?" (당시 승호는 숫자 십 이상을 셀 줄 몰랐다.)

"아니, 열 번을 세 번 더해야 해."

"그러면 열 번?"

같은 질문과 대답을 몇 번이고 반복하며 일에서 삼십까지 숫자를 세주었지만, 승호가 이해하기엔 아직 어려웠던 모양이다. 몇 밤

자고 공룡보고, 몇 밤 자고 어린이집 가고, 한참 몇 밤을 자고 무엇을 하는지 질문에 꽂혀 있던 시기라 승호에게는 그 대답이 꼭 듣고 싶었던 것 같다. 그런 줄 알면서도 빗길에 운전하는 나는 승호의 무한 질문에 지쳐갔다.

그 또한 예상했기에 아빠가 없는 날 승호와 단둘이 운전해야 되는 날이면, 카시트에서 잠들길 바라며 오가는 시간대를 낮잠 자는 시간과 밤잠 자는 시간대에 출발했다. 그날 역시 저녁 아홉 시 정도에 출발했지만, 승호에게 이별의 아픔은 잠까지 달아나게 했나 보다.

"승호야, 엄마가 지금 운전 중이니깐 집에 가서 설명해줄게!"

정적이 흘렀다. 빗소리만 들려왔다. '드디어 잠들었구나' 생각하는 순간, 울음소리가 들렸다. 그날따라 비까지 오니 울음소리가 더 슬프게 느껴졌다.

승호는 '으아앙' 소리 지르며 울지 않고, 참다 참다 울음이 새어 나와 '꺼이꺼이' 운다는 것을 그전에는 미처 느끼지 못했다. 승호의 울음이 그칠 기미가 보이지 않아, 운전하는 내내 초조해하며 차를 세울 수 있는 곳이 나오기를 바랄 뿐이었다. 다행히 얼마 지나지 않아 휴게실이 보였다.

휴게실에 차를 세우고 얼른 뒷좌석으로 가서 승호를 안아주었다. 시간이 지나자 진정이 되었고, 다시 빗소리만 들려왔다. 그날, 처음으로 승호의 울음에 대해 느끼게 되었다. 울음을 꾹 참으며 울고 있었다. 그 작은 아이는 또 어떤 것들을 참아내고 있는지 알 길이 없었다.

"할머니 할아버지가 보고 싶어서 그래? 엄마가 영상 통화해줄까?"

"아니, 영상 통화하지 마."

"왜 하지 마? 할머니 할아버지한테 전화해서 또 언제 만나는지 물어보자."

"싫어."

"그럼 이따 집에 가서 영상 통화할까?"

"응. 엄마 그런데 영상 통화할 때 할머니 할아버지한테 승호 울었다고 하지 마."

"왜 울었다고 하지 마?"

"승호 창피하잖아."

나는 흠칫 놀랐다.

"승호야, 우는 것은 창피한 일이 아니야. 할머니 할아버지랑 헤어지는 게 싫지? 싫은데 헤어져야 하니깐 슬프지? 슬퍼서 눈물이 나는 거야. 승호는 감정에 솔직한 거야. 눈물이 나는 건 부끄러운 일이 아니야. 할머니 할아버지를 많이 좋아하고 있다는 거야. 그러니 우는 것을 참거나 숨길 필요 없어. 승호는 지금 너무 잘하고 있는 거야."

지금까지 우는 것은 곧 창피하고 부끄러운 일이라고 생각해서 승호는 울음을 참았던 것 같다. '승호가 왜 그렇게 생각을 했을까?'라고 생각하자마자 0.1초 만에 답이 나왔다. 아마도 엄마인 나의 영향이지 않았을까.

눈물이 많은 나는 드라마를 보든, 슬픈 이야기를 듣든, 감동적인 순간이든 자주 울었다. 화가 날 때마저도 눈물이 앞을 가려, 하고 싶은 말도 하지 못할 때도 많았다. 누군가와 대화를 할 때도, 이야기를 하다 말고 자주 울었다. 이런 나의 모습을 보며 누군가는 병원에 가봐야 하지 않느냐고, 약을 먹어야 하지 않느냐고 말하기도 했다.

그런 나 자신을 싫어했다. 눈물이 많은 내가 싫었다. 분위기를 망치는 내가 싫었고, 억울하고 화나서 따져 말하려 해도 그 앞에서 눈물만 흘리다 오는 내가 싫었다. 다른 사람 앞에서 눈물을 보이는 게 부끄러웠다. 정작 나 자신이 그런 생각을 하고 있었다.

눈물을 보이는 것은 부끄러운 일이며 그 때문에 눈물은 참아야 한다는 것을, 엄마처럼 아이도 생각하고 행동한다니 끔찍이도 싫고 무서웠다. 내 자신이 하는 행동을 싫어한다는 것, 또 그런 나를 싫어한다는 것이 얼마나 잔인한 일인 줄 알기에.

아이에게는 우는 것이 부끄러운 것이 아니며, 솔직한 감정을 표현하는 것이 잘하고 있는 것이라고 말해주면서, 정작 나에게는 왜 그렇게 매정하게 대하며 스스로를 싫어했는지 승호를 안아주며 반성했다. 그리고 승호는 자신을 사랑하는 아이로 자라기를 바라며 기도했다. 자신을 사랑하는 아이로 자라게 하려면 지금부터라도 엄마인 내가 먼저 나를 사랑해야겠다. 눈물이 많은 나를.

사실 지금 생각해보면 눈물의 덕을 본 적도 많았다. 힘들 때 위로가 되어준 나만이 아는 나의 눈물. 억울하지만 나도 모르게 무기가 되어준 눈물. 우정과 동지애를 나누게 해주는 고마운 눈물. 말하지 않아도 눈물로 인해 전해지는 감정들. 덕분에 깊어지는 관계들을 생각해보자면 끝이 없다.

왜 눈물을 생각하면 안 좋은 기억들이 먼저 떠올랐던 걸까. 왜 눈물이 싫었던 걸까. 눈물이 싫었던 게 아니라 그때의 그 상황들이 싫었던 것은 아니었을까. 사실 눈물은 끊임없이 나에게 말을 걸었던 건 아닐까. 울어도 괜찮다고. 내가 너의 아픔 다 흘려보내 주겠다고.

느려도 괜찮아

승호는 또래 친구에 비해 느린 편이었다. 돌이 지나도록 기어 다니지를 않았으니 말 다한 것이 아닌가. 엉덩이로 쓱쓱 밀며 엄마를 불안하게 했다. 걸음마 또한 신경 쓰였다. 같은 개월 친구들은 뛰다시피 하는데 승호는 아직 앉아만 있으니 걱정을 떨칠 수가 없었다.

한참 큰 이후에도 마찬가지였다. 놀이터에서 놀고 있는 모습을 보면 다른 친구들은 거침없이 돌진하는데 승호만 한참이 걸렸다. 승호에게는 미끄럼틀과 그네가 놀이가 아닌 도전이었다. 걱정 많고 초조한 엄마는 기다려주지 못했다.

"어머. 승호야 친구 봐! 친구들은 재미있게 타네."

"친구들은 하나도 안 무서운가. 승호도 같이 타보자."

쳐다만 보는 승호가 답답한 나머지 다그치기도 했다.

"승호야 그냥 어서 타! 하나도 안 무서워!"

지금 생각해보면 미안할 따름이다. 승호 입장에서 전혀 생각해주지 못했다. 어른으로 따지자면 하늘에서부터 땅까지 이어지는 미끄럼틀 앞에서 무서워 타지 못하고 떨고 있는 사람에게 거인이 옆에서 하나도 안 무섭다며 뭐가 무섭냐고 어서 타라고 버럭대며 재촉한 격이다.

승호는 엄마가 재촉하지 않아도 나름대로 미끄럼틀과 그네를 타기 위해 친구들의 행동을 주시하고 관찰하며 용기를 내고 있었던 것 같다. 무서우니 조심스럽고, 조심스러우니 다른 친구들을 살펴보는 시간이 필요했던 것 같다. 승호의 느림이 문제가 아니라 엄마의 비교가 문제였다.

지금 돌아보면 승호는 때가 되고 준비가 되면 언제나 행동했다. 엄마의 비교를 묵묵히 이겨내며 자신의 길을 갔다. 항상 비교하며 멈춰 있는 사람은 승호가 아니라 엄마인 나였다. 다른 사람과 나를 비교하는 것도 모자라, 승호와 다른 아이들을 비교했다. 개월 수마다 해내야 하는 것이 모범 답인 것처럼 승호를 그 안에 밀어 넣고 있었다.

살아가는 것에는 정해진 답이 없듯, 모범 답안 같은 인생은 존재하지 않는다. 느리다가도 빨라지고, 빠르다가도 느려질 수 있다. 느리다고 해서 틀린 것도 아니며 빠르다고 해서 잘 사는 것도 아니다. 서로 다를 뿐이며 다른 것은 또 다른 것을 낳는다.

지금은 느림에 걱정하지도 불안해하지도 초조해하지도 않는다. 무엇보다 아이들은 느릴지언정 절대 포기하지 않는다는 것을 알았기 때문이다.

소원

"오늘은 달팽이의 생일이에요."

읽기 싫다고 떼쓰다가도 책을 펴 첫 문장을 읽으면 쪼르르 달려와 옆에 앉는 사랑스런 아이.

"숲속 친구들이 모두 모여 달팽이를 위해 파티를 열어 주었어요. 모두 즐겁게 놀았어요. 하지만 너무 느린 달팽이는 친구들과 함께 놀 수 없었어요."

어느새 이야기가 궁금해졌는지 걸터앉았던 몸을 일으켜 엉덩이를 깊숙이 넣어 앉는 아이.

"달팽이가 친구들을 향해 크게 소리쳤어요. '얘들아, 이제 그만 놀고 케이크 먹자!' 달팽이는 크게 숨을 들이쉬고는 촛불을 한 번에 껐어요. '소원을 빌어, 달팽이야.' 청설모가 말했어요. 달팽이는 아주 특별한 소원을 빌었어요. 친구들은 줄지어 생일선물을 건넸어요. 의자를 선물한 친구, 못과 나무, 굴러가는 둥근 모양의 선물이었어요. 선물은 좋았지만, 달팽이는 이것들이 어디에 쓰이는 물건인지 도무지 알 수 없었어요."

책을 읽어 주며 중간 중간 승호에게 질문한다.

"달팽이는 어떤 소원을 빌었을까?"

"승호는 이 선물들이 어디에 쓰이는 물건인지 알겠어?"

"승호도 저런 선물 받으면 어떤 기분이 들까?"

질문에 대한 답을 듣는 것이 나에게는 기쁨이며 힐링이다. 엉뚱하고 단순한 대답을 척척 해내는 아이에게서, 순간을 온전히 살아가는 아이에게서 오늘도 배운다.

"돌아가며 선물을 다 전해준 친구들에게 달팽이가 고맙다고 인사하네. 이야기가 끝난 건지 한 장 더 넘겨볼까? 아직 끝나지 않았어. 들어봐 승호야."

"응!"

"비버가 달팽이에게 말했어요. '달팽이야, 아직 진짜 선물이 남아 있어. 자! 얘들아, 어서 만들자!' 친구들은 각자 가져온 선물을 모아 자동차로 만들었어요. '이게 바로 진짜 선물이야. 이제부터 너는 세상에서 가장 빠른 달팽이가 될 거야.' 달팽이가 차에 올라타며 기쁘게 외쳤어요. '내 소원이 바로 빨리 달리는 거란 걸 어떻게 알았어?'"

감탄하듯 외치며 벌떡 일어서 자동차를 탄 달팽이처럼 무작정 달리는 승호에게 어김없이 질문을 던졌다.

"승호야. 소원을 빌면 달팽이처럼 그 소원이 이루어진대! 승호는 어떤 소원 빌고 싶어?"

"엄마 사랑하는 거."

“악!”

달려가서 당장 안아주었다. 하지만 감동 받은 만큼 오래 안도록 허락해주지 않았다. 금세 자동차를 탄 달팽이로 변신해 질주하는 승호를 보며 마냥 미소 지었다.

엄마의 소원은 승호가 지금 이대로 사랑이 넘치는 아이로 자라나기를. 늘 소원을 빌 수 있는 아이로 크기를. 언제나 행복하기를.

엄마 소원이 너무 많다고? 하나만 빌어야 한다고? 어렵지만 그럼 하나로 줄여볼게.

‘음. 엄마의 소원은 우리 승호가 언제까지나 건강하기를!’

5세의 슬픈 일

누웠는데도 잠이 안 온다고 한참을 재잘대는 승호에게 물었다.

"승호는 슬플 때가 언제야?"

생각도 잠시 이내 말을 꺼낸다.

"음… 엄마 아빠가 하늘나라에 가면 슬퍼. 할머니랑 헤어지면 슬프고, 할머니 죽을 때도 슬퍼. 그리고 엄마가 없어서 밥을 못 먹으면 슬프고, 어린이집이 없어지면 슬프고, 혼자 있을 때 슬퍼. 친구들이 하나가 없으면 슬프고, 악어가 엄마 아빠 먹으면 슬프고, 괴물이가 엄마 아빠를 잡아먹으면 슬프고, 먹을 것이 없으면 슬프고, 친구가 먹을 거를 다 먹는 것도 슬퍼. 괴물이가 죽는 거는 안 슬프고. 그리고 어… 이제 다 이야기했어. 그것들이가 다 슬픈 거야 승호는."

부정확한 발음으로 말까지 더듬으면서 하나도 슬프지 않은 느낌으로 말하는 승호가 귀여울 따름이다. 그렇지만 승호가 말한 것들을 하나하나 살펴보면 귀여운 내용만은 아니다. 엄마 아빠가 없다면 슬프다는 것. 혼자 남으면 슬프다는 것. 어린이집이 없어지거나 친구가 없다면 슬프다는 것. 승호의 슬픈 일들을 듣고 있자니 얼마 전 슬펐던 날들이 떠올랐다.

다시는 승호를 볼 수 없을지도 모른다는 생각으로 무척이나 끔찍한 슬픔에 잠겼던 날들이.

감사하게도 암은 나에게서 잠시 머물다 갔지만, 그 나날들은 나에게 건강이 얼마나 중요한 것인지 깨우쳐주었다. 하지만 암이 짧게 머물다 간 탓일까. 자꾸만 까먹는다. 건강해지니 방심하게 된다. 다시 건강하다고 생각하니 안심하게 된다.

건강이란 언제든 빼앗길 수 있다는 것을 또다시 잊은 채 말이다. 승호의 슬픈 일들을 들으니 낭떠러지에서 떨어지듯 정신이 번뜩 들었다. 나에게는 암보다도 더 무서운. 승호를 볼 수 없다는 끔찍한 슬픔이 기다리고 있다는 것을.

승호는 다시 한 번 엄마를 깨우쳐준다. 마음속 깊이 새기고 잊지 말아야겠다. 죽는 날까지 건강하게 살다가 갈 수 있기를. 승호와 내가 끔찍한 슬픔에 갇히지 않도록.

다음에는 승호에게 행복할 때가 언젠지 물어봐야겠다.

걱정 해결사

평소 걱정이 많아지는 상황에 놓일 때가 많다. 상황뿐 아니라 미래에 대한 걱정과 불안으로 의미 없는 시간을 보낼 때가 많다. 걱정해봐야 문제가 해결되지도, 나아지지도 않는다는 것을 알면서도 제어하지 못한다.

인터넷을 하다 '걱정을 사라지게 하는 방법'이라는 제목을 클릭했다. 승호와 비슷한 또래의 예쁜 여자아이가 야무지게 걱정 없애는 방법을 알려주는 동영상이었다. 병원에 입원해 있는 아빠를 두고, 걱정이 많은 엄마와 할머니에게 명강의를 해준 것을 동영상에 담은 것이다.

"하룻밤, 이틀 밤 계속 자면 걱정이 없어지고요."

승호와 달리 발음이 매우 정확해서 놀랐다.

"아니면 지우개로 쓱싹쓱싹 지워보세요. 걱정이 있는 곳에 지우개를 대고 지우면 돼요. 그래도 안 없어지면 돌에다 머리를 쾅! 부딪히면 돼요. 돌이 너무 아파 보이거나 좋은 것들도 다 날아갈 거 같으면 좀 말랑말랑한 곳에 살짝 쿵. 조금만 부딪히면 돼요."

아이들의 순수함이 너무 사랑스럽다. 이런 말을 듣고 어떻게 안

웃을 수 있을까. 엄마 미소가 얼굴에 절로 지어졌다. 그날 밤, 승호에게 물었다.

"승호는 걱정이 있어?"

"응. 엄마가 아플 때."

뜸도 들이지 않고 말하는 승호는 엄마를 놀라게 하는 재주가 있다. 38개월쯤이었을까. 네 살 무렵 승호와 처음으로 오래 떨어져 있었다. 수술로 인해 입원하며 요양해야 했기 때문이다. 일 년도 더 지난 걸 기억하고 있다고 생각한 것은 엄마의 착각일까.

"그럼 승호는 걱정될 때 어떻게 해?"

"엄마를 사랑하지!"

뭐지? 동문서답이라고 생각했다. '오구오구 고마워'라면서 어서 자자고 했다. 그런데 시간이 흐르고 승호에 대답을 달리 생각하게 되었다. 사랑함으로써 걱정을 없애는 것 또한 하나의 방법일 수 있겠다는 생각이 들었다.

승호로서는 '엄마가 아파서 걱정되지만(걱정), 엄마가 아프지 않게 내가 지켜줘야지(사랑).'라고 생각했을 수도 있다. 그렇게 생각했던 것인지 궁금한 나머지 승호에게 또 다시 물어봤다.

"승호가 걱정될 때 어떻게 한다고 했지? 엄마가 까먹었어."

"몰라."

새침데기처럼 모른다고 하며 로봇 놀이에 열중하는 승호. 동문서답이었는지, 다섯 살의 심오한 인생 사는 방법이었는지 알 길이 없어졌다. 말해줄 때 대충 흘려들은 벌이리라.

답이 무엇이든 걱정을 사라지게 하는 방법을 아이들에게 배우게 되었다. 답 없는 걱정이 머릿속을 채울 때면, 사랑스런 여자아이가 두 번째로 알려줬던 방법을 생각한다.

지우개로 걱정을 지우듯 머릿속에 걱정되는 일을 종이로 적었다고 생각하며, 지우개로 지우거나 쓰레기통에 버리는 상상을 한다. 모든 것이 다 잘될 거라며 되뇌면서 말이다. 그래도 안 되면 첫 번째 방법이었던 잠을 청해본다. 한숨 푹 자고 나면 정말 개운해지며 머릿속이 깨끗해지는 기분이 든다. 그리고 누군가에 대한 걱정이라면 승호가 알려준 사랑하는 방법을 생각해본다.

'남편이 아파서 입원했다. 걱정된다. 그 사람에겐 나뿐이다. 내가 보살펴주어야 한다. 보살펴주려면 나까지 아프면 안 된다. 그러려면 잘 먹어야 한다. 그 사람이 아픈 몸으로 나를 걱정하지 않게 잘 지내야 한다. 걱정할 시간에 밥맛이 없어도 무엇을 먹을지 생각하자'

이 순간 나는 밥을 먹고 있지만, 사실은 그 사람을 사랑하고 있는 것이다. 제어되지 않던 걱정들이 아이들이 알려준 방법들로 하나둘 머릿속에서 정리가 되었다.

그냥 웃으며 넘길 수 있는 아이들의 대답에는 지혜가 담겨 있다. 아이들은 어쩌면 살아가는 방법을 어른들보다 더 잘 알고 있는지도 모르겠다.

반전 매력

퇴근하고 돌아온 아빠에게 달려가 안기는 승호.

"아빠! 오늘도 내가 1등으로 안겼어! 우리 공룡놀이 하자."

피곤한 기색이 역력한 아빠는 마지못해 웃으며 말한다.

"그래. 그런데 아빠 씻고 와서 하자."

엄마 또한 마찬가지다. 승호가 어린이집에서 돌아오면 즐겁게 놀아주기보다는, 엄마 일에 이미 지치고 피곤해서 놀아주는 것이 몹시 힘들게 느껴질 때가 있다. 도피처로 친정에 가곤 한다. 물론 두 분 모두 일을 하시기 때문에 친정집에는 아무도 없을 때가 더 많지만, 집이 아닌 다른 곳에 가는 것만으로도 아이의 볶임에서 조금은 벗어날 수 있다.

할머니 댁에 갈 때면 승호는 해님이 빨리 집에 가기를 바란다. 해님이 집에 가면 할머니가 퇴근하여 집에 오기 때문이다. 할머니 역시 승호가 왔다고 하면 점심시간을 활용해서라도 집으로 와서 점심을 먹으며 승호를 보려 한다. 짧은 점심시간 탓에 만나자마자 헤어져야 하는 아쉬움이 더 크게 느껴지는 것 같지만 말이다.

퇴근하고 돌아온 할머니와 놀다 보면 시간은 쏜살같이 지나간다.

“승호야 이제 잘 시간이야.”

“싫어! 아직 할머니랑 많이 못 놀았어.”

“할머니 회사 다녀와서 피곤하셔”

새벽같이 일어난 승호 또한 졸린 눈을 부릅뜨며 말한다.

“그래도 더 놀 거야!”

“할머니 내일 또 회사 나가셔야 해서 주무셔야 해.”

“자고 나면 할머니가 또 회사 가야 하니깐 승호가 더 놀아줘야지!”

할머니가 매일매일 일하니깐 일하지 않는 저녁에 자신이 많이 놀아줘야 한다고 힘주어 말하는 승호다. 그런 승호를 보며 지금까지 내가 착각에 빠져 있을지도 모른다는 생각이 들었다.

그동안 승호하고 놀아주는 것이 에너지를 쏟아야 하고 피곤한 일이라 생각했지만, 집중해서 놀다 보면 어느새 동심으로 돌아가 웃고 떠드는 나를 발견하곤 했다. 내가 놀아주는 것이 아니라 함께 놀고 있었다. 어쩌면 승호가 엄마와 놀아주려, 웃게 해주려 노력한 것은 아닐까.

매일 일하고 온 지쳐 있는 아빠에게 즐거움을 주기 위해서 혹은 다크서클이 목까지 내려온 엄마에게 웃음을 주기 위해서 아이들은 최선을 다하고 있는 것은 아닐까.

어른들의 착각은 어디까지이고, 아이들의 반전은 어디까지일까.

기다림의 미학

세면대 위로 발을 씻는 엄마의 모습을 본 승호는 자기도 혼자 세면대에 발을 씻을 거란다.

"내가 할 거야!"

5분이면 끝날 발 씻기를 혼자서 15분 넘게 씻고 있다. 끝날 기미가 보이지 않자 나는 냅다 비누를 뺏어 들었다.

"엄마가 얼른 해줄게!"

"싫어 싫어. 승호가. 승호가. 승호가 할 거야!"

몇 번의 실랑이를 벌이다 잘 시간이 훌쩍 넘었다는 걸 알고는 결국 분을 못 참고 화장실을 나와 버렸다. 그런데 승호는 발판 위에 한 발로 선 채, 깨금발을 하고 있다. 다른 다리를 세면대 위에 올린 채.

한숨이 절로 나온다. 누구 탓도 못 하고 화장실 문에 기대어 승호를 그저 바라볼 뿐이다. 세면대에 발을 올려 씻는 모습을 봐버린 승호를 다시 그전처럼 씻게 하기란 둘째를 낳는 일만큼 어렵다. 내가 발판을 딛고 무릎에 걸쳐 앉게 해 얼른 승호 발을 씻겨 주려 했건만. 잡생각에 빠진 엄마를 연신 불러댄다.

"엄마! 엄마! 엄마!"

"엄마 뒤에 있어."

"여기 봐봐!"

"얘기해."

"깨끗하지? 승호가 혼자 씻었어."

비누 거품이 아직 묻어있는데도 천진난만하게 웃으며 깨끗하냐고 묻는 승호를 보니 절로 웃음이 나온다. 그대로 혼자 두는 것이 위험한 건 알지만 혼자 해봐야 느는 건 분명하다. 여태 승호가 혼자 해볼 기회를 항상 빼앗은 건 엄마인 나였다는 것을 인정할 수밖에 없었다.

승호가 옷을 입거나 지퍼를 올릴 때, 무언가를 색칠한다거나 퍼즐을 맞출 때 답답해서 보고만 있을 수 없었다. 생각해보면 아이에게 기회는 주지 않으면서 잘하기를 바랐다. 왜 혼자 밥을 떠먹지 못하는지, 왜 여태 옷을 잘 못 입는지, 왜 또래 친구에 비해 느린 건지 혹은 못 하는 건지 말이다. 결국, 답답함에 기다리지 못하고 아이의 기회를 가로챘으면서, 아이 탓만 해왔다.

아이에게 적은 부모의 답답함뿐만이 아니다. 부모가 위험하다고 생각하는 모든 것일 수 있다. 친정에 승호를 맡기는 날이면 연신 마음을 졸였다. 두 돌도 안 된 아이에게 가위를 주는 할머니 때문이다. 물론 돌봐주는 것만으로 감사하지만, 아이가 위험에 노출된다는 생각에 엄마와 부딪혔다.

“위험하잖아. 가위는 너무 빨라 엄마!”

“그래야 가위질이 늘지.”

엄마는 항상 같은 말을 했다. 지금 생각해보면 엄마 말이 맞았다. 물론 어딘가 다칠 위험한 행동은 조심해야겠지만, 경험을 통해 아이 스스로 깨달을 수 있는, 수많은 기회를 부모가 미리 차단하는 것만큼 아이에게 가혹한 일도 없을 거라는 생각이 들었다.

킥보드나 자전거는 위험하다고 아예 태우지 않는 부모, 주방에는 들어오지도 못하게 하는 부모, 아이 홀로 놀이터에 내보내지 않는 부모, 여러 새로운 경험을 할 수 있는 기회조차 박탈해 버리는 부모가 많다. 물론 나도 예외는 아니다.

부모님의 영향은 어린 시절에 국한되지 않는다. 다 컸음에도 불구하고 여자라는 이유로 여행은, 집이 아닌 다른 곳에서의 잠은 위험하다는 부모님. 그런 부모님의 반대로 인해 같이 놀러 가지 못한 친구들이 꽤 있다. 남편 또한 다리가 닿지 않는 물을 무서워 해서 구명조끼를 입고도 잘 움직이지 못한다. 어릴 적, 부모님의 보호아래 물놀이를 많이 즐기지 못했다고 한다.

나는 승호에게 부모라는 이름으로 얼마나 많은 기회를 앗아왔던 것일까. 답답함과 위험에 따른 불안은 잠시 접어두고 아이에게서 한발 물러나 충분한 경험을 해보도록 기다림과 친해져야겠다. 아이의 지혜는 부모의 기다림을 먹고 자랄지도 모르니까.

협박 달인의 진심

승호는 요즘 엄마를 자주 협박한다.

"그럼 승호 손 안 씻어."

"그렇게 하면 밥 안 먹어."

"그러면 오늘 이빨 안 닦을 거야!"

부쩍 늘어나는 협박으로 나의 미간 또한 자주 찌푸려진다.

미운 네 살이라고 했는데, 정작 네 살 때는 걱정했던 것보다 조용히 지나가 놀라게 하더니 다섯 살에 접어들며 왜 이렇게 말을 안 듣는지 힘들게 느껴졌다. 말대꾸도 늘고 모든 걸 자기 마음대로 하고 싶어 한다. 미운 네 살은 만 나이를 뜻하는 거였나 보다.

함께 있을 때는 조금도 엄마의 시간을 허락해 주지 않았다. 설거지나 밥을 할 때도 삐지면서 협박을 한다. 하루에도 몇 번씩 협박하는 승호에게 어느 때는 대꾸하지 않았다. 한동안 협박의 일상이 계속되었다.

"또봇 틀어줘!"

"안 돼. 엄마랑 약속했잖아."

"그러면 승호도 오늘 이빨 안 닦고 잘 거야."

"엄마는 승호 생각해서 그러는 거야."

"엄마도 안 된다고 했으니깐 승호도 안 할 거야"

"승호 이빨 안 닦으면, 엄마 이가 안 좋아질까? 승호 이가 안 좋아질까?"

"흥! 승호는 엄마 옆에서 안 잘 거야. 엄마한테 뽀뽀도 안 해줄 거야."

가만히 생각해봤다. '승호 생각해서 그러는 거야'라고 말했지만, 오직 현재만을 즐기며 살아가는 아이 입장에서는 '훗날을 위해 지금 해야 할 일'을 이해하기란 어려울 것이다. 그렇기에 승호는 엄마가 하는 말을 믿고 들어주는 것뿐이다. 물론 자기 마음대로 할 수 없으니 들을 수밖에 없는 경우도 있지만, 대개는 따라주는 거라 생각 한다. 결국, 엄마를 사랑하기 때문이다. 사랑하는 사람의 말은 잘 듣고 싶은 것처럼 말이다.

나는 승호에게 입을 삐쭉 내밀며 말한다.

"진짜 엄마랑 안 잘 거야?"

"응! …아니!"

어느 책에선가 본 적이 있다. 학교 다니는 아이들에게 설문 조사를 했는데 '부모를 대신해서 죽을 수 있냐'는 질문에 대부분의 아이들은 '죽을 수 있다'라고 답했다고 한다.

그 부분을 읽고 가슴이 찡했다. 부모의 내리사랑도 끝이 없지만, 그 못지않게 아이들 또한 엄마 아빠를 많이 사랑하고 있다는 것이 전해졌기 때문이다. 어쩌면 부모들보다 더 순간순간을 사랑하고 있는지 모르겠다.

밥 먹기 전 씻기 싫은 손을 씻는 것도, 배고프지 않은데 밥을 먹는 것도, 자기 전 귀찮은 양치를 하는 것도, 가기 싫은 어린이집에 가는 것도, 부모가 원하고 바라고 말하는, 아직 훗날을 계산할 줄 모르는 아이들의 행동은 모두 사랑에서 비롯된 것일지도 모르겠다.

아이들의 숨은 진심을 파악하니 승호의 협박이 귀엽게 느껴진다. 협박한다고 해서 야단치거나 미간을 찌푸릴 일이 없어졌다.

아이들의 협박은 곧 사랑에서 비롯된 행동이라는 생각에 이제는 협박을 즐길 수 있게 되었다.

상상 친구

"승호야, 엄마가 텔레비전을 왜 계속계속 안 보여주는지 알아?"

"왜 안 보여주는데?"

"텔레비전이 승호 머릿속에 있는 상상이라는 친구를 죽일까봐 그러는 거야."

"상상 친구?"

"응. 승호 머릿속에서 살고 있어. 상상 친구는 텔레비전을 싫어해. 그러니 승호가 잘 보살펴 줘야겠지?"

"응!"

이어 아빠가 말한다.

"그럼 승호야, 상상 친구는 뭘 먹고 살까?"

"음. 몰라."

"승호가 밥을 먹는 것처럼, 상상 친구는 책을 먹고 살아."

"그럼 책 읽을래!"

"그래! 승호가 상상 친구한테 먹여주고 싶은 책 가져와봐!"

그 뒤로는 텔레비전을 더 보겠다고 떼를 쓸 때마다 혹은 책을 안 읽겠다고 도망 다닐 때마다 상상 친구의 도움을 받았다. 생각했던 것보다 상상 친구는 승호에게 큰 역할을 해주었다. 그런데 언젠가 엄마도 깜빡 책을 잊고 잠자리에 누운 날이 있었다. 불이 꺼져 깜깜하지만, 승호에게 말을 걸었다.

"승호야, 어떡하지?"

"엄마 왜?"

"아니, 엄마 상상 친구한테는 밥을 줬는데, 승호 상상 친구한테 밥 주는 걸 깜빡했어."

표정이 잘 보이진 않았지만, 놀라는 듯한 미세한 소리가 들려왔다. 아이들의 순수함은 너무 귀엽다.

"…."

"상상이 배고프겠다. 내일은 까먹지 말고 밥 주자!"

"안 돼!"

소리치며 벌떡 일어나더니 책장으로 다다다 달려가 책을 가져오며 외친다.

"상상이 배고프니깐 지금!"

"그럼 너무 늦었으니깐 딱 한 권만이야."

"힝"

아쉬워하는 표정으로 끄덕이는 승호에게 정말 재밌게 책을 읽어 주었다. 엄마의 마음을 느꼈는지 다 읽자마자 말한다.

"재밌다!"

"내일은 상상 친구 배 많이 부르게 해주자!"

"이코!"

"승호 친구는 승호가 챙겨줘. 엄마는 까먹을 수도 있으니깐"

"응!"

그리고 함께 상상 친구 꿈을 꾸자며 꿈나라 여행을 떠났다. 상상 친구에게 고맙다고 기도하며 순수한 동심을 오래도록 잃지 않기를 바라는 마음에서.

덕분에 엄마 또한 동심 여행을 한다. 올해는 엄마도 산타 할아버지께 소원을 빌어 봐야지.

믿기 놀이

"아빠 우리 마법놀이 할까?"

"어떻게 하는 건데?"

"등에 수리수리 마수리 변해라 얍! 하면 변신하는 거야."

"그래 해보자!"

아빠 등에 손을 얹고 진지한 표정을 짓는 승호.

"수리수리 마수리 개구리로 변해라 얍!"

"어? 승호야, 아빠 개구리로 안 변했는데?"

"…엄마는 믿어주는데. 힝."

"푸하하"

승호가 말이 늘어 그저 귀엽다며 아빠는 한참을 웃었다. '개구리로 변한 척해야지' 혹은 '가짜로 변신해야지' 정도의 대답을 예상했는데, 빗나간 것에 많이 컸다는 생각을 한 모양이다. 아빠 또한 믿어준다 생각했는데 배신이라도 당한 듯 한동안 힝힝거리는 승호를 보며 이런저런 생각이 들었다.

승호가 마법을 부릴 때마다 같이 개구리도 되었다가, 로봇도 되었다가, 괴물도 되었다가, 영웅도 되었다가, 아이의 상상 놀이를 함께 해줄 때 특히 더 신나서 방방 뛰는 걸 보면 아이든 어른이든 누군가가 자신을 믿어준다는 사실은 큰 에너지를 일으키는 것 같다.

유령놀이를 할 때도 마찬가지다. 안 보이지만 유령이 집에 왔다는 말을 믿어주며 함께 놀아줄 때가 종종 있다. 무서운 척하며 함께 유령을 잡다 보면 승호는 그 어느 때보다도 날개라도 단 듯 신이 나있다.

그냥 아이 눈높이에 맞춰 놀아주는 단순 놀이로 그칠 수 있지만, 단순 놀이에서 비롯된 작은 믿음들이 바탕이 되어 아이의 성장에 큰 힘이 되어줄 거라 믿어본다.

부모가 아이를 믿어준다면 부모가 자신을 믿어준다는 것을 아는 아이들이라면 사춘기로 인해 자칫 엇나가는 일이 있더라도 금방 자기 자리를 찾아갈 거라 믿는다. 부모라는 이름의 자리는 믿어주는 자리이다. 묵묵히 아이를 믿어준다면, 아이는 사랑으로 답하지 않을까.

즐기는 방법

의식은 추위가 막 찾아올 때쯤 시작되었다. 겨울은 건조의 계절. 평소 신경 쓰지 않던 피부에 갑자기 붉은 점이 올라오기 시작했다. 피부과 갈 일이 있어 물어보니 건조한데 햇빛을 받아 생기는 것이라 했다. 난생처음 바디로션을 바르기 시작했다. 그러면서 승호도 발라주었다. 얼굴과 팔다리. 시간이 남으면 온몸을 발라주었다.

'내가 할래'에 꽂혀 있는 승호는 로션을 통째로 가져갔다. 역시나 자기가 바른다고 하겠거니 싶었는데 예상과 다르게 행동하는 승호.

"엄마! 여기 앉아봐."

"왜?"

"승호가 로션 발라줄게."

"하하. 그냥 엄마가 하면 안 될까?"

"아냐! 승호가!"

엄마가 하는 것은 다 따라 해야 직성이 풀려서일까. 아니면 엄마가 로션을 발라준 것이 기분이 좋아서 엄마도 해주고 싶어서일까. 아무래도 후자는 엄마의 바람이겠지. 그날부터 팔이고 다리고 엄마 몸에 로션을 발라주는 기특한 승호다. 하지만 기특하다고 여기기까지 몇 날 며칠의 길고 긴 실랑이가 벌어졌다.

"승호야, 승호 몸은 승호가. 엄마 몸은 엄마가 하면 어떨까?"

"아! 팔다리만 하면 안 될까? 옷을 다 벗길 작정이야?!"

"안 그래도 늦었는데 쫌! 대충하고 자자 승호야"

"오늘은 엄마가 할게. 제발!"

로봇을 색칠하듯 엄마 몸에 로션을 정성 들여 발라주고, 다음에 자신도 엄마가 발라 달라고 협박했다가, 떼를 부렸다가, 부탁했다가, 말을 들어줄 때까지 반복했다.

누운 뒤 잠드는 데 기본 30분이 넘게 걸리는 승호. 빨리 재우고 싶다는 생각에 사로잡혀있는 나에게는 눕기 전 로션과의 전쟁은 스트레스였다.

까먹지도 않고 매일 의식같이 치러지는 로션전쟁의 승자는 승호로 마무리되었다. 나는 결국 잠자기 전 서로에게 로션 발라주는 것을 받아들이기로 했다. 그 후 남편이 팔을 만지더니 왜 이렇게 부드럽냐고 물었고, 승호가 로션 발라주는 모습을 보며 말했다.

"아빠도 그렇게 엄마 로션 발라준 적이 없는데, 승호가 엄마 호강시켜주네."

남편의 말을 듣고부터 스트레스라고 느껴졌던 승호의 로션 바름이 갑자기 다르게 느껴지기 시작했다. 스트레스가 아니라 나는 호강 받고 있었던 것이다. 그래서인지 로션 발라준 승호에게 매일 고맙게 느껴졌다. 로션전쟁은커녕 이제는 내가 먼저 '로션 마사지' 해달라고 말한다. 학교도 들어가지 않은 승호의 효를 받는 것이라 생각하게 되었다. 생각의 전환이 이렇게 큰 힘을 발휘하는지에 놀랐다.

현재를 즐기는 방법은 생각보다 어려운 것이 아니었다. 생각을 전환하는 것뿐이었다.

로션전쟁에서 로션마사지로 조금만 바꿔 생각해도 스트레스가 나를 위한 일로 바뀔 수 있다는 것을 알았다.

지금을 즐길 수 있고, 즐길 수 있는 내가 된 것 같아 더 행복해지는 오늘이다.

아프지 말고 커야 해

한참 건강에 꽂혀 있던 시기에 승호를 쓰다듬으며 말했다.

"승호야, 아프지 말고 커야 해."

기도를 하면서도 항상 승호가 건강하게만 자라면 더 바랄 게 없다며, 가족들이 건강하게만 살아갈 수 있다면 좋겠다고 생각했다. 그런데 그것도 아플 때 뿐, 건강을 되찾고 나면 건강은 건강할 때 챙겨야 한다는 것을 금세 잊어버린다.

점차 건강은 순위에서 밀려난다. 하루하루 살아냄에 밀리고, 과거의 후회에 밀리고, 미래의 걱정과 불안에 밀리고, 일에 밀리고, 돈에 밀리고, 밀리고 밀려 차례가 돌아오지 않는다. 건강도 묵묵히 자신의 차례를 기다렸을 것이다. 하지만 기다리고 기다리다 알아주지 않는 주인에게 버림받았다고 생각했을 때 믿음의 끈을 놓아버리는 것이 아닐까. 그때 우리는 몸의 이곳저곳이 아프기 시작하는 것 같다. 몸뿐만이 아니라 마음도 그렇지 않을까.

아팠던 날들이 낯설게 느껴질 정도로 시간이 흐르고, 건강만으로도 감사함을 느끼던 날들이 잊혀져 갔다. 그리고 일상과 일에 치여 몸도 마음도 지쳐 쓰러져 있는 어느 날, 누워 있는 엄마의 머리를 쓰다듬으며 승호가 말했다.

"엄마, 아프지 말고 커야 해."

순간 눈물이 핑 돌았다. 알면서도 늘 까먹는다. 그 어떤 것보다 중요한 것은 아프지 않고 건강하게 살아가는 것이란 걸. 경험해보고 알고 있으면서도 당장 아프지 않으면 또 망각한다. 몸과 마음을 방치하고 욕심을 발동시킨다.

그래도 이제는 전과 다르게 옆에서 깨우쳐주는 승호가 있다. 순위에서 밀려나가 줄 끝에 서있는 건강을 맨 앞으로 데려와준다.

'그래 승호야…. 우리 가족 오래오래 건강하게 살자.'

건강을 잃으면 모든 것을 잃게 된다. 소중한 일상을 지켜주는 고마운 건강에게 믿음의 끈을 놓게 하지 말아야겠다.

이미 충분한 아이들

놀이터에서 같은 아파트 친구들과 공놀이를 하다가 다툼이 일어났다.

"내가 먼저 집었어!"

"아냐! 내가 먼저 집었어!"

서로 잡고 있던 공을 뺏기지 않으려 바닥까지 뒹구는 아이들을 더 이상 두고 볼 수 없어 다가가 승호에게 말했다.

"승호야, 그 공 친구 거니깐 친구 주고, 다른 놀이 하자."

"……."

중간에 있던 공을 빼내자 상황이 종료됐다. 결국 엄마 다리에 붙어서 울음이 터진 승호는 한동안 소리 없이 훌쩍였다. 기분을 풀어주려 연신 장난을 치니 금세 풀려 언제 울었냐는 듯 놀이터를 휘젓고 다녔다. 간만에 보는 최상의 컨디션으로 집에 돌아왔다. 저녁밥을 준비하려는 나에게 옷을 벗다 만 승호가 말했다.

"엄마 미워!"

조용하고 앙칼진 말투였다. 자신과 안 놀아주고 밥하는 것에 대한 말이라는 생각이 들어 갑자기 기분이 상했다.

"승호랑 안 놀고 밥한다고 그러는 거야?"

"아냐!"

"그럼 왜 엄마 밉다고 하는 거야?"

"엄마가 아까 놀이터에서 친구 마음만 알아줬잖아!"

새까맣게 잊고 있었다. 기분 좋게 놀길래 승호 또한 잊은 줄 알았다.

"공놀이 할 때 말하는 거야?"

"맞아! 엄마 미워!"

서러웠는지 또 눈물을 보이는 승호.

"엄마가 친구한테 공 주라고 해서 속상했구나?"

"엄마가 승호 마음 안 알아주고 친구 마음만 알아줬잖아! 엄마 때문에 운 거야! 엄마가 놀이터 의자로 데려가서!"

어리둥절했다. 처음엔 무슨 소리인가 했지만, 금세 미안해졌다.

"미안해. 엄마 생각이 짧았네. 엄마가 끼지 말고 기다렸어야 됐구나?"

"응! 기다려줬어야 돼!"

승호 입장에서는 혼자서도 친구와 해결할 수 있다고 생각했던 것 같다. 엄마가 끼어듦과 동시에 친구와 직접 해결할 수 있는 기회를 빼앗겨 버린 것이다.

순간 나의 행동이 독립적인 아이는커녕, 엄마 없이는 아무것도 못 하는 아이로 만드는 행동이라는 생각이 들었다. 물론 아이들의 상황이 심각하다면 어른이 개입해서 중재해야 하지만, 그렇지 않다면 아이를 믿고 기다려줘야겠다는 생각이 들었다.

엄마인 나보다 혹은 어른보다 아이들은 잘 알고 있다. 이미 충분하다. 다만 부모가, 어른인 내가 그 충분함을 깨닫지 못할 뿐이다.

눈에서 떼지 못하고 항상 조마조마한 엄마로 있기보다는, 아이를 믿고 방목을 해보기로 한다. 방목은 방치가 아니다. 울타리 안에서 마음껏 뛰어놀 수 있도록 세상을 믿고 아이를 믿어본다.

부모가 할 일은 넓은 세상을 아이의 모든 놀이터가 될 수 있도록 울타리를 점점 넓혀주는 일이다. 무엇보다 놀이터를 만들어줬는데 놀지 않는다고 다그치기보다는 즐기며 놀 때까지 기다려주는 일. 묵묵히 기다리는 일이다.

아이의 행동학

할까 말까를 수없이 고민하고 계획하며 시간을 보내는 어른들과는 달리 아이들은 일단 행동한다. 그에 대한 재미있는 실험 내용을 알게 되었다.

미국의 톰 우젝이라는 사람이 '마시멜로 챌린지'라는 게임을 이용한 실험이다. 룰은 처음 보는 사람 네 명을 한 팀으로 만들어, 한 개의 마시멜로와 스파게티 면 스무 가닥과 실, 그리고 접착테이프를 가지고 탑을 쌓는 것이다. 모양은 상관없지만, 18분이라는 시간 제한이 있다. 무너지지 않게 제일 높이 쌓는 팀이 이기는 게임인 것이다.

재미있는 것은 유치원생들이 쌓은 탑이 변호사가 쌓은 탑보다 훨씬 높은 결과가 나왔다. 뿐만 아니라 명성 높은 대학원에 다니는 학생이나 CEO, 평균 어른들보다 높은 결과가 나왔다. 당시 이 실험은 많은 사람들에게 충격을 주었다고 한다. 실험 내용을 자세히 들여다보니 이유를 알 수 있었다.

게임이 시작되고 주어진 시간은 18분. 어른들은 처음 테이블 앞에 둘러앉았다. 소개를 하며 명함을 건넨 이후 계획을 짜기 시작한다. 서로 의견을 내고, 계획을 짜고, 18분에 맞춰 탑을 쌓고 마지막에 마시멜로를 올리지만, 스파게티 면이 부러지거나 무너지는 경우가 많았던 것이다.

반면 유치원생들은 어른들과 달리 소개는 물론 계획도 짜지 않고, 일단 주어진 재료를 가지고 탑을 쌓기 시작한다는 것이다. 성공하면 또 다른 더 높은 탑을 쌓기 시작한다. 유치원생들은 18분 동안 한 개의 탑이 아닌 여러 개의 탑이 나온다는 실험 결과이다.

아이들은 어른들이 생각한 것보다 훌륭하다. 그런 아이들을 어른들만 몰라보고 가르치려 들 뿐이다.

마시멜로 챌린지 게임에서 어른들은 18분 중 몇 분의 시간을 어떻게 쌓을 것인지에 대한 고민과 계획만으로 흘려보낸 것일까. 인생이란 짧은 시간 앞에 고민과 계획으로 얼마나 많은 시간을 쏟는 것일까. 물론 계획하는 시간이 의미 없다고 할 수는 없겠지만, 필요 이상의 계획으로 시간을 낭비하고 있지는 않나 돌아본다.

계획 없이 인생을 살 수는 없겠지만, 계획만 하며 인생을 보내는 어른은 되지 않아야겠다. 훌륭한 아이들과 같이 일단 행동하는 어른이 되어야겠다.

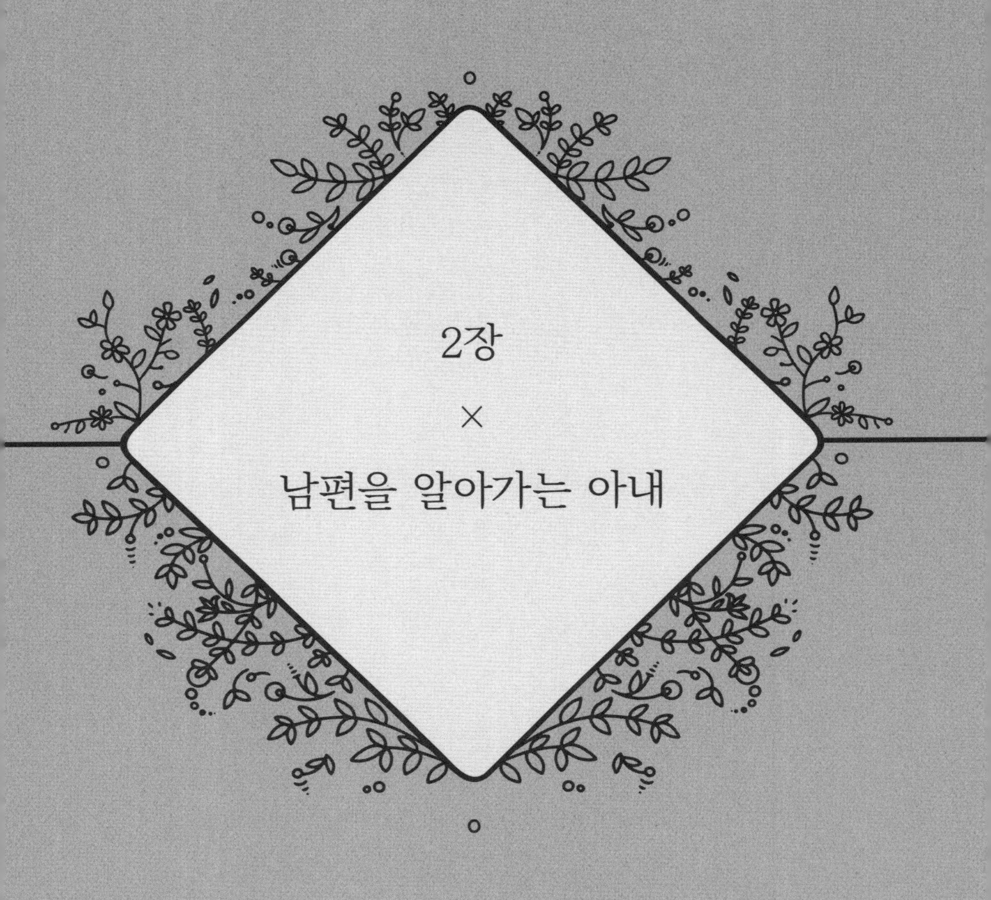

2장 × 남편을 알아가는 아내

무거운 아침

아침밥을 먹으며 남편의 표정을 살핀다. 굳어 있는 남편의 표정을 보며 생각한다. 잠을 제대로 못 잔 건지, 밥이 맛이 없는 건지, 부엌 청소가 잘 안 되어 있어서 못마땅한 건지 혼자 생각에 잠긴다. 그리고 눈치를 보며 말을 꺼낸다.

"잠 잘 못 잤어? 저건 이따가 치울…."

말이 채 끝나기도 전에 남편의 말이 이어졌다.

"아침에는 회사에서 일을 어떻게 해야 할지 생각하느라 기분이 안 좋으니 말 시키지 않았으면 좋겠어."

"……."

아침밥을 차려주고 남편 기분이 왜 안 좋은지 살피는 아내에게 꺼낸 너무나도 잔인한 말이다. 출근하는 남편의 뒷모습을 보며 나는 그의 말을 어떻게 받아들여야 할지 알 길이 없었다. 그저 눈물이 흘렀다.

왜 나는 남편의 말에 아무 말도 하지 못 했는지 답답하기만 하다. 대화 없는 며칠의 아침을 보내면서 따져 묻지 못했다. 싸우든 싸우지 않든 대화를 하며 풀어나가야 한다는 걸 알면서도 그날의 이야기를 꺼내는 것조차 자존심이 상했다.

처음엔 '그래, 남편도 회사에서 힘든 일 생각하느라 많이 피곤할 거야.'라며 나를 위로했다. 서로 말하지 않는 아침의 시간이 늘어갈수록 혼자만의 생각은 자꾸만 늘어갔고, 시간이 지날수록 '내가 돈을 벌지 않고 집에서 밥 한다고 날 무시하는 건가?', '자기가 뭘 그렇게 잘났어?'라며 부정적인 생각이 커져갔다.

배우자로서 조금이라도 배려했다면 말 시키지 말라는 말은 도저히 꺼낼 수 없는 말이라 생각했다. 얼마나 나를 무시하면 그런 말을 할 수 있을까 싶었다. 아침마다 함께 앉아 같이 밥 먹는 시간이 불편했다. 아침 먹는 내내 아무 말도 하지 않는 날이 늘어갔다. 왜 나는 이런 분위기 속에 같이 밥을 먹고 있는지, 왜 밥을 차려주는지조차 의문이 들었다.

'남편은 내가 이렇게 오래도록 그 일로 마음이 불편한지 알고나 있을까. 말하지 않았으니 당연히 모르겠지. 자기가 그런 말을 했는지조차 잊었을 거야.'

혼자 생각하고, 혼자 서운해하며 아무 말도 꺼내지 못했다. 자존심 상한 일을 다시 들춰낸다는 것이 몹시 힘들게 느껴졌고, 자연스럽게 상처가 아물도록 놔두었다. 방치한다고는 생각하지 못했다. 결국 그 상처가 곪다 썩어 냄새가 나는 줄도 모르고. 얼마 동안의 계절 동안 썩은 냄새가 진동하는지 몰랐던 걸까. 수술 이후로 부쩍 하고 싶은 게 많았던 나는 남편에게 물었다.

"만약에 당신 회사 그만두게 되고 돈 걱정이 없게 된다면, 하고 싶은 일 있어? 뭐 해보고 싶어?"

"계속 잠만 자고 싶어."

"…허리 안 아파? 난 반나절만 누워 있어도 허리 아프던데."

"난 하루 종일 누워 있어도 허리 안 아파."

남편의 대답에 당황했다. 하고 싶은 것도 이루고 싶은 것도 많은 나로서는 남편을 이해하기는커녕 실망스러웠다. 대화가 잘 통한다고 생각해 남편과의 결혼을 결심한 나였기에 결혼생활이 삐걱거릴 때마다 혼란스러웠다. 내가 아는 남편이 맞는지 의심이 들었다. 2년간의 연애 생활은 상대방을 알아가기엔 너무 짧은 시간이었을까.

지금 생각해보면 우리 부부는 대화가 참 없었다. 대화라고 해도 거의 아이에 대한 이야기였다. 일부러 그랬던 것은 아니지만, 먹고 살기 바쁜 세상 속에 살아가다 보니 너무 자연스러웠다. 그리고 우리 부부의 경우 결혼과 동시에 아이를 갖게 되어 부부만의 시간이 더 부족했다. 그렇게 시간은 기다려주지 않고 빠르게 달려갔다. 무엇이 중요한지 알아차리지 못한 채로.

"나 만성 위염이래."

속이 계속 안 좋다고 말하던 남편은 병원에서 위내시경을 받았다. 나이 먹어 소화력이 더 약해졌나 생각했던 나는 괜스레 미안해졌다. 스트레스성 만성 위염 진단을 받은 남편이 이제야 눈에 들어

왔다. 지친 모습이, 가장의 무게가, 여유 없는 그의 삶이.

집과 회사. 회사와 집. 쳇바퀴 도는 생활 속에서 자신이 무엇을 하고 싶은지 혼자만의 생각할 시간과 여유가 없었다는 것을. 무엇을 하고 싶은지 아직 모를 뿐, 오직 잠만 자고 싶은 것은 아니라는 것을. 잠을 충분히 자고 나면 하고 싶은 것이 생길 거라는 것을. 남편이 이해되며 안쓰럽다는 생각이 들었다.

썩어 있던 무거운 아침 속 나의 상처는 남편이 미울 때마다 수면 위로 떠올라 나를 괴롭혔다. 그런데 남편이 보이기 시작하고, 남편 또한 자신의 모습을 알아봐주길 바랬던 것은 아닐까 생각하니, 그 미움이 점점 사그라들기 시작했다. 남편도 살기 위해 자신의 힘든 마음을 밖으로 어떻게든 꺼내야 했던 것은 아닐까. 무거운 아침은 대화가 부족한 부부가 만들어낸 악몽일 것이다.

집에서는 아내와 아이에게, 회사에서는 상사에게 치이는 남편도 혼자만의 시간을 만들어 주어야겠다. 조금씩 그 시간이 늘어난다면 남편도 마음의 여유가 생기지 않을까. 그렇다면 우리 부부에게도 따뜻한 대화가 오가지 않을까.

잔소리의 비밀

누구나 듣기 싫어하는 잔소리. '누구나'에는 나 또한 해당된다. 특히 어릴 적부터 잔소리를 듣지 않고 자랐다. 잔소리를 싫어하는 엄마는 자신 또한 잔소리를 하지 않으려 노력했으며 그 덕에 나는 더욱 잔소리에 대한 면역력이 부족하다. 그러니 남편의 잔소리에 금방 피곤해진다.

감정을 말로 잘 표현하지 못하는 나는 답답함과 스트레스가 나날이 쌓여간다.

"수건은 화장실에서 안 가지고 나올 수 없어?"

"내가 지금 컵을 몇 번째…"

"아. 음식물 쓰레기 냄새! 나 비위 약해서 냄새 못 맡으니 바로바로 좀…."

설거지 쌓인 모습을 보며 깊게 한숨을 쉰다. 부부생활이 늘 행복하지 않다는 것은 알았지만, 새삼 힘들게 느껴졌다. 남편 또한 아무리 말해도 좀처럼 바뀌지 않는 나를 보며 힘든 것은 마찬가지였을 것이다.

생활에 대한 잔소리는 나의 행동을 인정하기 때문에 그래도 이해한다. 결혼 전의 살아온 환경이 다르니 안 맞는 것은 어쩌면 당연하며, 서로 맞춰지기 전까지는 이해하고 배려하며 살아가야 한다고 생각한다. 그보다 오랫동안 나의 정신을 괴롭힌 남편의 잔소리 중 하나는 뉴스이다.

"남들 다 보는 기본적인 뉴스를 왜 안 봐?"

"뉴스는 상식이야."

"당신은 정보가 너무 약해"

"지금 난리야. 에휴… 또 몰랐지?"

잔소리를 넘어 이해하지 못한다는 남편의 생각들은 나를 옥죄어 왔다. 그런 남편 앞에선 나는 상식도 모르는 바보 같이 느껴졌고, 늘 나를 탓했다.

'나는 왜 그럴까?'

'세상 돌아가는 것이 궁금하지 않을까?'

'내가 이상한 걸까?'

이런저런 생각을 하며 매일 아침 휴대폰으로 중요 뉴스라도 찾아보는 것을 시도해보았다. 몇 번의 마음가짐과 시도에도 불구하고, 행동으로 옮겨지지 않았다. 보는 동안에도 이걸 왜 보고 있는지 필요성을 느끼지 못하고, 눈에 들어오지도 않았다.

안 좋은 사고 소식이라도 접하는 날이면 기분전환을 하지 않는 이상 오전 내내 기분이 좋지 않았다. 내가 안다고 해도 사고의 나쁜 상황은 달라지지 않았다. 결국 나의 노력들에 대한 이유를 찾지 못했고, 또 나는 뉴스와 친해지지 못했다.

어느 날에는 남편이 물었다.

"다른 사람과 대화할 때 중요 사건을 모르면 부끄럽지 않아?"

"안 부끄러워. 그 사람한테 무슨 사건이냐고 물어보면 되지."

"참. 대단해."

"그렇게 내가 뉴스를 봤으면 좋겠어?"

"그래야 다른 사람이 무시를 안 하지…."

"당신만 날 무시하지 않으면 돼. 그럼 당신이 내가 봤으면 하는 뉴스를 보내주면 되겠다."

충돌의 날들이 몇 해가 반복되었을까. 책을 읽다 나만 보기 아까운 글귀를 만났다.

남편이 집에 돌아왔을 때 보여주려고 고이 접어두었다. 함께 알면 좋을 거 같은 글귀였다. 함께 읽고, 글에 대한 이야기도 나누면 좋겠다는 생각을 했다. 남편이 퇴근하고 저녁 먹고 휴식을 취하는 시간에 책을 들고 남편에게 향했다.

"내가 오늘 책을 읽었는데…."

책을 든 나의 모습을 보는 순간부터 귀찮다는 표정이 느껴졌다.

"나 할 거 있어."

"뭔데?"

아이와 같은 개구쟁이 표정을 섞어 보이며 휴대폰을 들어서 보여주는 남편. 그 할 일은 게임이었으며 나는 곧 실망스러웠다. 불만 가득 안고 돌아선 순간, 아차 싶었다. 뉴스가 떠올랐던 것이다. 남편도 나와 뉴스를 보면서 이야기를 하고 싶었던 걸까? 수없이 뉴스를 외치며 나에게 민망함을 주던 남편이 갑자기 이해가 됐다.

서로의 공감이 엇나간 것에 조금. 그리고 많이 아쉽긴 하지만, 부부관계가 엇나간 것은 아니니 괜찮다. 부부지만, 각각 서로 다른 사람이 만나 함께 지내는 것일 뿐. 사람마다 생각이 다르고, 추구하는 가치가 다를 수밖에 없으니 말이다.

남편과 나는 다를 뿐이다. 왜 게임만 하느냐고, 왜 잔소리를 하느냐고, 왜 책을 읽지 않느냐고 강요할 필요도, 내가 뉴스에 관심이 없는 것에 대해 자책할 필요도 없다. 그저 있는 그대로를 인정해주면 그만이다.

당신은 게임으로 스트레스를 풀고, 모든 것이 제자리에 있는 것을 좋아하는 깔끔한 남자. 뉴스를 보며 세상 돌아가는 것에 관심이 많은 남자. 그리고 잔소리로 사랑을 표현하는 남자.

당신과 함께 사는 나는 책 읽는 것을 좋아하며, 모든 것을 편하게 두는 털털한 여자. 관심 밖의 모든 것에 관심이 없는 여자. 그리고 표현에 서툰 여자.

남편의 있는 그대로의 모습을 사랑한다면, 남편 또한 있는 그대로의 나의 모습을 사랑하는 날이 올 거라 믿는다.

사실은 겁쟁이

생각이나 마음을 조금씩 표현하자고 마음먹은 이후 나는 말이 많아졌다. 그런 나를 보며 남편은 몇 번이고 장난치듯 웃으며 말했다.

"옛날에는 내 말에 다 끄덕여주더니, 요즘 들어 부쩍 생각이 많아졌네?"

"그전에도 많았는데 당신한테 말을 안 했을 뿐이야."

"아닌 것 같은데, 그전에는 생각이 없었던 거 같은데?!"

"……."

'장난이라도 기분이 나빠'라고 마음속으로만 읊조릴 뿐, 역시 말하지 못했다. 나에게서 제일 가까운 사람인 남편에게조차 모든 속마음을 말하지 못한다. 표현하지 못하는 감정 중 하나는 '화'다. 나는 화를 내는 일이 없었다. 남편뿐 아니라 누구에게도 그랬다. 그렇게 당연하게 살아와서인지, 나는 화를 안 내는 착한 사람이라고 생각했다. 곧 그것은 내가 만든 이미지라는 것을 알았다.

미움 받는 것이 무서웠고 혹여 내세울 거 없는 내가 화까지 내면 버려질까 두려웠던 것이다. 전혀 알아차리지 못했다. 내 숨겨둔 진실과 나의 마지막 자존심을.

처음엔 버려질까 두려운 감정이 들었다는 사실을 인정할 수 없었고, 인정하기 싫었다. 그러기엔 내 자신이 너무 초라하고 비참하게 느껴졌다. 내가 생각한 것보다 나의 자존감은 더 바닥이었다. 그런 자존감 낮은 나를 들키고 싶지 않아서 나 자신에게 마저 숨겨왔던 것이다.

화를 안 내는 것이 아니라 사실은 겁이 났던 모양이다. 숨겨진 나의 낯선 모습과 뒤엉킨 감정들에 한참을 방황했다. 그렇게 짧고도 긴 고통이 다녀간 후, 이내 안쓰럽다는 생각이 들었다. 아무에게도 말하지 못하고, 두려운 감정을 안고 홀로 버텨온 긴 시간들을 알아주지 못해 미안한 감정이 뒤를 이었다.

나의 숨겨진 마음을 알아차린 후, 애써보았다. '나는 왜 이렇게 생겨 먹은 걸까'라는 화살을 나 자신에게 겨누지 않게, 나를 몰아세우지 않게, 변명하지 않게 말이다. 그저 나를 들여다보았다. 어제는 어땠는지 오늘은 어떤지 말이다. 상황을 보지 않고, 나를 보았다. 어떤 감정이든 나 자신을 알아차리려 노력했다. 나쁜 감정들이 들었더라도 다 괜찮다고 되뇌이며.

꽁꽁 숨겨둔 나의 두려운 감정을 알아차리고 인정해준 후에야 깨닫게 되었다. 나를 버릴 수 있는 사람은 오직 나, 자신뿐이라는 사실을.

책과 함께 어김없이 행복에 빠져 있다가 남편에게 불쑥 미안한 감정이 든다. 유난히 피곤해 보이는 어젯밤 남편의 얼굴이 아른거린다.

요즘 회사의 전략 회의 기간이라며 숨 한번 돌릴 틈이 없다고 말하는 그의 표정이 지쳐 보였다. 남편을 생각하니 작은 사치라도 망설이게 된다. 하지만 이내 나의 작은 사치들이 남편에게 행복의 기운을 가져다줄 거라 생각하며, 미안함과 고마움의 마음을 담아 다이어리를 장만했다.

"선물! 곧 해가 마무리되니, 당신 다이어리 하나 골라봤어."

다이어리를 한번 집어 요리조리 보더니 뜯어보지도 않고 바로 다른 곳에 두는 남편. 그의 '반응'이라는 재주는 아무래도 태어날 때 어머님의 뱃속에 두고 온 모양이다. 그래도 다이어리의 행복 기운이 닿았는지 남편은 며칠 지나지 않아 밝은 표정으로 말했다.

"다이어리에 배우고 싶은 거를 적어봤어."

내 귀를 의심했다. 그 말을 듣는 순간 내 안의 온 세포들이 축제를 벌이는 듯 기뻤다. 하루 종일 오로지 잠만 자고 싶다던 남편에게 무언가를 하고 싶고 배우고 싶은 마음이 생겼다는 것은 나에게 큰 기쁨이었다.

"뭐? 배우고 싶은 거? 와. 뭐가 배우고 싶었는데?"

"생각나는 대로 적어나가 보려고. 일단 드럼이 배우고 싶어졌어."

"와. 무슨 일이래?!"

꿈을 꾸는 듯 나는 그 상황이 믿어지지 않았다. 다음 날 당장 드럼을 배울 수 있는 곳을 찾기 시작했다. 어쩌면 남편보다 더 흥분했는지도 모른다. 곧이어 배울 수 있는 곳을 찾았고, 단 한순간의 망설임도 없이 남편의 이름으로 등록을 마쳤다. 사람이 많아 대기를 걸어야 했지만, 그 정도는 문제가 되지 않았다. 아마도 그 기다림은 설렘일 것이라 생각했다.

대기가 끝나 순번이 왔다는 문자가 남편에게 갔는데, 혹시 스팸 문자라 여길까 싶어 그날 저녁 남편에게 말해야겠다고 생각했다.

"드럼 가르쳐주는 곳에서 문자가 하나 갈 수도 있어. 당신 이름으로 등록은 해놨으니 의사표시만 해주면 될 거야. 알고 있어!"

다이어리를 건네주던 때처럼 한마디도 그 어떤 표현도 하지 않았지만, 피식 웃는 표정에서 그의 감정을 느낄 수 있었다. 나는 생각한다. 그의 숨 쉴 공간이, 틈이 조금씩 넓어졌으면 좋겠다고. 조금씩 길어졌으면 좋겠다고. 진심이 어느새 그에게 닿은 걸까.

"다이어리가 안 보이네? 버린 건 아니지?"

"차 속에 놔뒀어. 그냥 매일 아침 출근하면서 하는 것도 없고,

운전하면서 앞으로 하고 싶은 거 생각했다 차에서 내릴 때 적어나가 보려고."

매일 아침 버킷리스트 여행을 하겠다고 고백하는 그다. 자신의 숨 쉴 공간을 금세 만들어내는 그대가 멋있게 느껴지는 하루다. 다이어리와 사랑에 빠지더라도 질투는 나의 몫이겠지.

말 한마디에 천 냥 빚

다른 친구들은 보통 언니 동생들과 같은 방을 쓰고 자라지만, 나는 할머니와 같은 방에서 컸다. 그래서 어르신들이 어렵지 않게 느껴진다. 할아버지는 내가 태어나고 얼마 안 되어 돌아가셔서 기억에는 존재하지 않는다. 그래서인지 할아버지보다는 할머니가 더 가깝게 느껴진다.

지금은 우리 할머니와 남편의 외할머니, 양가에 어르신은 한 분씩 계신다. 두 분 다 병원에 계시는데 자주 찾아뵙지 못해 죄송할 따름이다. 양가가 같은 지역에 있어 정말 다행이라는 생각을 하며, 한쪽 집안에 볼일이 있으면 양가를 다 들를 수 있어서 좋다. 그래서 친정에 일이 있을 때, 남편이 없더라도 아이와 둘이 남편의 외할머님을 뵈러 가곤 했다.

명절 때 역시 양가에 가느라 도로에 낭비하는 시간이 줄어든다. 그런데 지난 명절은 유난히 짧았다. 친정에 가 있는 시간이 짧아지더라도 외할머님을 뵙고 인사를 드린 후에 친정으로 향하곤 했다.

친정에서의 시간도 끝나가고, 짧은 명절 탓에 도로가 밀릴 것을 생각하면 서둘러 집으로 향해야 한다는 생각이 엄습했다. 우리 할머니는 알츠하이머인 치매를 앓고 계시니 가도 잘 알아보지 못하거나 알아보더라도 빨리 잊으시니, 다음에 올 때 찾아뵈어야겠다고 생각했다.

집으로 향하는 차 속에서 할머니를 못 뵙고 왔다는 불편함과 죄책감의 화살이 남편에 대한 서운함으로 향했다.

"있지. 내가 먼저 항상 외할머님한테 열 번 정도 가자고 말하면, 우리 할머니한테 한 번쯤은 먼저 가자고 해줄 수 있는 거 아니야?"

"…나도 그렇게 하고 싶은데, 막상 생각이 나질 않아. 그리고 누가 해 달래?"

말 한마디에 천 냥 빚도 갚는다는 속담이 있다. 말이 얼마나 중요한지를 깨닫게 해주는 속담이 있거늘, 왜 그 반대 경우의 속담은 없는 걸까 생각했다. 남편은 나의 배려와 수고를 '누가 해 달래?'라는 말로 짓밟아 버렸다. 고마움을 모르는 상대 앞에서는 배려와 수고는 무의미해진다는 것을 느끼며, 속상함은 역시 나의 몫이었다.

할머니가 생각나지 않는다고 사실 그대로를 말하는 남편에게 무어라 반응해야 할지 모르는 나를 보며, '왜 나는 남편의 외할머님이 생각나는 걸까?' 되려 묻는다. 나 또한 생각나지 않는다면, 불편함이나 죄책감 없이, 신랑과의 다툼도 속상함도 없이 참 편할 텐데 말이다. 그럼에도 불구하고 이런 나를 좋아하리라.

무언가를 행할 때는 아무런 조건 없이, 바람 없이 행해야 한다는 것을 다시 한번 되새겨 본다.

별난 유전자

유난 떠는 내 감정과 달리, 남편 앞에서는 곰에 가까운 나는 애교가 별로 없다. 평일에 일하느라 주말에는 집에서 하루 종일 뒹굴고 싶어 하는 남편과 반대로, 집에만 있는 나는 주말이 되면 밖으로 탈출하고 싶은 생각이 든다. 더 큰 이유는 아이가 좀 더 많은 것을 보고 경험하게 해주고 싶은 엄마의 욕심이다. 집돌이처럼 집에만 붙어 있는 주말이 몇 주가 흐르고, 남편에게 말했다.

"우리 어디 나갈까?"

"어디?"

"그냥 승호랑 같이 바람도 쐬고, 맛있는 것도 먹고 하면 좋잖아."

"오늘은 그냥 집에 있자. 미세먼지도 안 좋고, 피곤해."

조르는 일이 없는 나는 한두 번 정도 물어보는 것이 전부다. 그렇게 또 몇 주가 흐르고, 함께 나가기를 바랄 때마다 '다음에'라는 답이 돌아오자, 어느 순간 나에게는 자연스럽게 남편은 '안 나가는 사람'이 되었다.

승호와 내가 나갈 준비를 마치기 전에 예의상 나가겠냐고 물어보았지만 역시 안 나간다는 대답이 돌아올 뿐이었다. 남편을 두고 승호와 나만 한참을 놀다가 돌아온 어느 날, 남편이 이야기했다.

"내가 아무리 피곤하고 집에만 있고 싶어도 당신이 나가자고 조르고 여우같이 애교도 피우면, 가기 싫다가도 결국 못 이기는 척 갈 사람이야."

"……."

'애교'라고 말하는 남편 앞에서 반박할 수가 없었다. 단 한 번도 남편에게 '당신 없인 재미없어. 같이 가자!'라며 애교를 피워본 적이 없었기 때문이다. 아마도 그 사람은 집에 홀로 남아 편안함은 잠시 외로움과 왠지 모를 소외감을 느꼈을 거라 생각한다.

승호가 커갈수록 우리 부부는 점점 함께 길을 걷는 시간보다, 각자의 길을 걷는 시간이 더 편해지는 것 같다. 물론 부부는 '따로'와 '함께'를 적절하게 섞는 것이 중요할 것이다. 그런데 언제부턴가 우리 부부는 늘 '따로'였고, 당연했던 '함께'가 당연하지 않게 되는, 함께해야겠다는 생각이 점점 줄고 있던 것 같다.

마음으로는 콧소리를 내며 텔레비전에 나오는 귀여운 여자들과 같이 온갖 애교를 떠는 상상을 한다.

'오늘은 승호 데리고 밖에 나가서 같이 놀까 오빠? 웅?'

'오빠 설거지 한 번만 해주면 안 될깡?'

'오빠용 오늘 대청소 한번 같이 할래용?'

상상만 할 뿐이다. 온 세상 오글거림이 내 안에만 존재하는 것처럼 입이 떨어지지 않는다. 물론 그뿐만은 아니다. 나에게는 묘하고도 이상한 점이 한 가지 있다. 나보다 나이 많은 남자 사람에게 '오빠'란 소리를 하지 못한다.

'오빠'란 부름은 단지 호칭일 뿐인데, 피가 섞이지 않은 사람에게는 '오빠'란 소리를 하지 못한다. 앞뒤가 꽉 막힌 사람처럼 말이다. 한참 나이가 먹었을 때까지도 '오빠'라고 부르면 그 사람에게 애교를 피거나 꾀어낸다고 느껴졌다. 그게 머리로는 아니라는 것을 알면서도.

그래서 나보다 나이가 많은 남자 분에게는 '형님' 혹은 '선배', '-님'이라고 불렀다. 생각하니 갑자기 피곤하다. 애매한 사이에서 다섯 살도 차이 나지 않은 어떤 분에게는 '삼촌'이라고 부른 경우도 많았다. 그 사람들은 얼마나 황당했을까.

나도 내가 왜 이런지 알 수가 없었다. 그런데 얼마 전에 그 이유를 알게 되었다. 나랑 똑같은 증상이 있는 사람이 엄마라는 사실을. 외계생명체로 살아가던 내가 같은 종족을 만난 기분이었다.

언젠가 엄마가 하는 이야기를 듣고 따라 했겠거니 생각했지만, 그러기엔 나의 기억에 남아 있는 바가 없다. 어릴 적 무의식중에 배우게 된 걸까.

어떤 경우든 나라는 생명체의 '오빠'에 대한 궁금증이 풀리면서 애교와 조금 더 친해질 수 있을 것 같다는 생각이 든다. 물론 '오빠'와 '애교'는 관계가 없을지언정. '애교'와 '부부의 함께'의 관계가 없을지언정 말이다.

남편에게 애교가 통한다면, 나의 애교로 인해 우리 가족의 함께가 늘어날 수 있다면 한번 도전해 볼 수 있는 일이다. 사람에게 불가능이란 없으니. 이제 나의 유일한 적인 오글거림을 이겨내 볼 차례다.

"오빠야 나 잘하고 있징?"

"여자만 애교 피라는 법 있엉? 얼마나 느끼할지 오빠 애교도 듣구 싶당."

결국, 그대

엄마와 언니의 대화를 들었던 기억이 난다.

"고모도 참. 저는 안 그런다니깐요."

"지금은 꿀 떨어질 때지. 한 십 년만 살아봐."

대화를 들으며 나 또한 그런 생각을 했다. 나도 안 그럴 거라고. 나와 잘 맞는 남자를 만나 평생 꿀 떨어지게 살겠노라고. 그때는 상상하지 못했다. 결혼 후, 십 년은커녕 일 년도 채 되지 않아 남편이 꼴도 보기 싫어질 때가 있게 될 줄은.

결혼 첫 명절, 임신한 채로 음식 장만이 한창일 때 거실에서 잠자고 있는 남편을 봤을 때 그런 심정이었다. 지금처럼 집이 멀어 운전을 오래했다면 이해했을지 모르지만, 그 당시에는 십 분 거리밖엔 되지 않았다.

남산만한 배를 부여잡고 시댁 집들이를 했던 때도 역시 마찬가지였다. 혼자 요리해서 상을 차리는 데까지도 참을 만했지만, 식사 후 다들 텔레비전을 보는데 혼자 설거지를 했던 나는 결국 잠시였더라도 결혼을 후회하기에 이르렀다.

나의 결혼 환상은 이랬다. 주말이 되면 아이와 가족이 함께 모여 이야기하고 웃고 떠들고 행복한 시간을 보내는 늘 다정하고 화목한 모습이었다. 하지만 현실은 달랐다.

우리 가족은 항상 모여 있지만, 전혀 함께 있다는 생각이 들지 않았다. 주말이면 남편은 점심시간 가까이 되어서야 일어나 아침을 먹는다. 아이와 내가 점심을 먹을 때쯤이면 소파와 한 몸이 되어 낮잠을 잔다. 주말에 거의 모든 시간을 누워서 생활하는 남편을 보며 '십 년만 살아보라는' 엄마의 말이 떠올랐다.

일을 안 한다면 평생 누워 지낼 것 같던 남편도 한 살 한 살 나이가 차며 먹고 누우면 속이 불편한지 누워 있는 횟수가 점점 줄어들었다. 결국, 남편에게는 위염이 찾아왔고, 누워 있는 것이 제일 좋다던 꿀 같은 주말을 마냥 오래 즐기지 못했다.

처음엔 주말에 깨어 있는 모습에 내심 사람은 역시 아파봐야 성숙해지는 거라고 별거 아닌 듯 넘겼다. 그런데 남편은 급성위염으로 시작해 만성 위염, 위궤양, 십이지장궤양, 수차례 내시경을 하며 고생했다. 한번 안 좋기 시작하니 조금만 신경을 안 쓰면 먹고 싶은 것도 참아가며 두세 달씩 약을 먹어야 했다.

소파와 한 몸이 되기는커녕 해가 떠 있을 때 누워 있는 모습을 보기 힘들 정도가 되었다. 아픈 남편의 모습을 계속 보고 있자니 안쓰러웠다. 아픔이 계속되자, 원인과 이유를 찾기 시작했다. 여러 가지가 있겠지만 모든 만병의 원인은 스트레스로부터 시작될 수 있다는 생각에 신경이 곤두서기 시작했다. 회사에서 혹은 집에서의 가장이라는 짐의 무게가 너무 무거운 것은 아닌지, 쉼에 시간이 너무 적은 것은 아닌지 또는 영양을 너무 못 챙겨 먹인 건 아닌지 말이다.

아무리 꼴 보기 싫다던 남편이지만, 그래도 수술실 앞에서 기다려준 사람은 남편뿐이다. 아픈 남편에게 또한 아내인 나뿐이다. 남편이 그랬던 것처럼 나 또한 남편의 건강을 찾을 때까지 위하고 또 위해줄 것이다.

마지막까지 곁에 있을 사람은 부모도 아닌, 자식도 아닌 결국은 남편일 테니까.

당당한 기생충

〈기생충〉이라는 영화가 아카데미시상식에서 작품상에 각본상 그리고 국제장편 영화상에 이어 감독상까지 4관왕 수상을 이뤄냈다. 봉준호 감독과 같은 한국인이라는 사실이 자랑스럽고 뿌듯했다. 그렇지만 한 개인으로서는 영화를 처음 봤을 당시 기분이 매우 좋지 않았다.

현실을 그대로 담아낸 만큼 영화로 빗대어 말하면 주부인 나는 기생충이고 남편은 숙주였다. 안 그래도 인정받지 못하고 살아가는 주부의 삶을 한층 더 전락시키는 것 같았다. 나만의 생각으로 그쳤으면 기분이 나쁘고 끝났겠지만, 남편의 장난은 나의 자존심을 상하게 했다.

"기생충이 뭐라고 하는 거야."

영화는 영화에서 그치지 않았고, 내 생각 또한 그치지 않았다. 상한 자존심을 드러낼 수 없었고, 생각과 다르게 입은 닫히고 말았다.

주부를 직업으로 인정해주지 않는다며 늘 불만스럽게 생각했지만, 지금 와서 생각해보면 나마저도 주부의 직업을 당당하게 여기지 못하고 있었던 것 같다. 글을 쓴다고 해서 다를 건 없었다.

아이를 돌보며 밥하고 빨래하며 청소하는 집안일은 물론 읽고 쓰느라 잠도 줄여가며 나름 치열하게 하루를 보냈지만, 남편이 올 때 집이 더러우면 눈치가 보였고, 제때 밥이 안 되어 있으면 나의 잘못같아 죄인이 된 기분이었다. 남편이 눈치를 주는 것도 아닌데 왜 스스로 당당하지 못한 걸까.

남편은 잘하든 못하든 한 달에 한 번 월급을 받으며 일을 하고 있다는 인지와 보상이 따르지만, 주부에게는 그런 것들이 없기 때문이지 않을까. 아이를 사고 없이 잘 키웠다는, 밥을 굶기지 않고 잘 주었다는, 제때 빨래를 했다는, 살림을 잘했다는 칭찬은커녕, 그건 기본이라며 나 자신조차도 너무 당연하게 여기고 있어서 그런 것은 아닐까.

나 먼저도 당당하지 못하고 주부의 직업을 인정하지 못하고 당연하게 여기면서, 다른 이들에게 인정해달라고 바라는 격이 되었다. 이런 생각을 하며 영화를 다시 떠올리니 기생충이 나를 비웃는 것 같았다.

어느 날, 남편이 말했다.

"와, 여기 텔레비전 위에 쌓인 먼지 봐. 얼마나 청소를 안 했으면."

"…나 집에서 노는 사람이라고 생각하지 않았으면 좋겠어. 사실 그렇게 생각하지?"

"아니… 집에만 있으니깐…."

갑작스러운 나의 질문에 놀랐는지 어물대는 남편에게 당당하게 말했다.

"퇴근 전에 치워도 승호가 한번 지나가면 다시 어지럽혀져. 내 할 일 해가며, 밥하고 정신이 하나도 없어. 항상 전투태세야. 그러니 당신 눈에 보이는 것 정도는 당신이 해줬으면 좋겠어."

다른 사람에게 먼저 주부라는 직업을 인정해달라고 바라기에 앞서 먼저 스스로 나의 직업을 인정해줘야겠다. 주부가 직업이라는 것을 인지할 수 있도록 스스로 칭찬해줘야겠다. 한 달에 한 번의 월급을 선물로 대체해보는 것도 좋을 것 같다는 생각을 하며. 내가 선택한 주부란 직업과 나의 삶에 당당해질 수 있도록.

학창 시절, 이성과 사귀는 기준에 대해서 친구들과 이야기한 기억이 있다. 이런저런 이상형에 대해 많이 얘기했지만, 결국은 길거리에서 함께 팔짱끼고 돌아다닐 정도의 외모는 되어야한다는 것이다.

그쯤 다니던 회사에 여자가 적어서인지 함께 일하던 동료들은 여자 만날 기회가 없다며 나에게 소개팅을 주선해 달라는 부탁을 많이 했다. 거절이 어려웠던 그때의 나는 꽤 많은 소개팅을 주선했다. 재밌는 것은 소개팅을 할 때마다 사원, 주임, 대리 할 것 없이 남자라면 매번 하는 질문이 똑같았다.

"이쁘냐?"

"사진 좀 볼 수 있어?"

그런데 나이가 있던 과장은 왠지 느낌이 달랐다.

"난 영희 너 믿는다."

하지만 과장님 또한 예쁜 여자를 소개해줄 것을 믿는다는 표현으로 말한 것이라 받아들였고, 역시 남자는 다 똑같다고 생각했다. 아는 언니가 몇 안 되었고, 외모보다는 인성이 괜찮은 사람이었다. 나에겐 선택의 여지가 없었고, 언니는 소개팅 자리에 나가 달라는 나의 부탁을 들어주었다. 얼마 지나지 않아 운명처럼 그 둘은 결혼했다.

이성을 처음 만나는 시절에는 외모가 많은 부분을 차지하지만, 시간이 흐르고 경험이 쌓인 후 결혼을 앞두게 되면 외모보다는 성격이나 인생관 등이 자신과 맞는지를 살피게 되는 것은 자연스러운 일 같다.

나 또한 남편과 결혼할 때 외모보다는 평소 중요하게 여기는 부분을 보고 결혼을 결심했다. 성격과 가치관, 경제 능력, 대화는 잘 통하는지, 술주정은 없는지, 도박은 하는지, 여자와의 관계는 어떤지 등 많은 부분을 보았다.

당시에는 처음 하는 결혼에 대해 나름대로 심사숙고를 했고, 결혼 후 그 사람으로 인해 속 썩는 일이 없으면 했기 때문이다. 그런데 얼마 전 김형석 작가님의 《백년을 살아보니》라는 책을 보며 부끄럽다는 생각을 했다.

> 철이 드니까 여성들을 대하는 마음이 변하는 것 같아요.
> 결혼한 후에도 어떤 변화가 또 올 것 같습니다. 그 다음은 내 여자의 어떤 면을 보게 되지요?

제자가 물었고, 김형석 작가님이 답했다.

글쎄, 결혼은 연애의 종말이 아니고 더 높은 사랑의 출발이니까, 무엇을 본다기보다는 내 아내의 어떤 면을 키워주고 어떻게 위하는 마음을 가질까 하는 문제가 더 중요할 텐데.

백 년을 사신 분의 지혜를 보며 반성했다. 남편의 어떤 면을 보려고만 하고, 바라기만 했지, 먼저 위하거나 어떻게 위해줄지에 대해서는 한 번도 생각해보지 않았던 것이다.

결혼 전에 어떤 면을 중시 여겨 배우자를 택해 결혼할지도 중요하지만, 택한 사람과의 결혼 후 어떻게 위하며 살아갈지가 더 중요한 것임을 배운다.

생각보다 괜찮은 남자

다시 꿈을 꾸며 미친 척 남편에게 선언했다.

"나 책을 써보려고 해."

"…뭐? ……니가 뭔데?"

말을 꺼냄과 동시에 후회했다. 무슨 말을 기대하고 남편에게 말한 것일까. 역시 조용하고 은밀하게 진행하며 자존심을 지켰어야 했건만 잊고 있었다.

여자가 꿈을 이뤄감에 따른 최대의 적은 남편이라는 김미경 원장의 말이 떠올랐다. 남편은 아내의 꿈에 관심이 없다는 사실을. 모든 남자들이 그렇지는 않겠지만 내 남자는 적이 틀림없다는 생각을 했다. 못다 한 집안일의 이해를 구하기 위한 선언은 자존심에 이어 자존감을 갉아 먹게 만들었다.

쉬울 리 없는 길고 긴 여정에 지쳐 갔고, 부정적인 생각들을 잠재우지 못하며 일자리 찾아보기에 이르렀다. 이젠 일하기엔 무리 없는 몸도 되었다며 일하고 돈을 벌게 되면 자존감도 회복되고 무언가 다시 쓸 힘이 생길 거라 나를 다독였다. 그렇게 면접을 보러가기 하루 전 남편에게 말했다.

"나 내일 면접 보러 갈 거야."

잠시 나를 쳐다보더니 말을 이었다.

"책이나 써."

분명 나를 위해 해준 말인 건 알지만, 비웃는 것처럼 느껴지는 것은 내가 꼬여있는 탓일까. 어떤 책을 읽어도 지하에 떨어진 자존감은 다리라도 부러진 듯 올라올 기미를 보이지 않았다. 스스로 가둬 도망치고 또 도망친 지 얼마나 지났을까. 아무것도 하지 않고 앉아만 있는 나에게 남편이 말했다.

"잘 쓰려고 하지 말고, 그냥 한번 끝까지 써봐. 당신이 책을 낸다면 난 정말 자랑스러울 거야."

기운을 차리게 해주려는지 한참을 이야기하는 남편. 내가 알던 남편이 맞는지 의심스러웠다. 그동안 내가 남편을 신뢰하지 못하고 있었다는 생각을 하며 남자들은 나이를 먹어도 철이 없다고 생각했던 많은 날들을 다시 생각하게 되었다. 오히려 내가 남편의 진심을 꿰뚫어 볼 능력이 부족했던 것은 아닌지, 다정함이 묻은 남편의 따뜻한 응원은 나에게 큰 힘이 되었다.

처음 책을 쓰겠다던 나에게 "니가 뭔데?"란 말은 아내를 무시해서가 아니라, 아내가 갑자기 책을 쓴다는 사실을 받아들이는 데에 시간이 필요했던 거라 생각하게 되었다. 남편 또한 나처럼 감정을 표현하는 방법과 대화하는 방법을 잘 몰랐을 뿐이지, 내가 생각한 것보다 훨씬 철든 괜찮은 남자였다.

이 사실을 깨닫고 우연히 남편이 쓴 글을 보게 되었다.

> 주변에서 결혼을 고민하는 사람들을 만나곤 하는데, 나는 주저 없이 결혼을 서둘러 하라고 얘기한다. 결혼 전후의 생활은 비교할 수 없을 정도로 많이 바뀐다. 결혼은 생활뿐만이 아니라 사상과 감정, 인생관에도 엄청난 변화를 준다.
>
> 자녀를 낳게 되면 또 하나의 경험해보지 못한 놀라운 체험을 하게 된다. 결혼하고 자녀를 낳으면 희생이 무엇이고, 사랑이 무엇인지 다시금 깨닫게 된다. 나는 가장으로서의 책임을 '거룩한 부담감'이라고 정의하고 싶다. 거룩한 부담감은 사랑과 희생을 전제로 하며 인생에 절대적인 긍정 에너지를 공급해준다.

결혼 후 가장의 무거운 어깨를 거룩한 부담감이라 생각하는 남편에게 참으로 고맙고 미안해지는 하루다.

오래 함께한 부부지만, 서로가 서로의 깊이를 잘 모르고 살아가는 사람들이 많다. 자신과 함께 살고 있는 남편과 아내가 사실은 내가 생각한 것보다 훨씬 괜찮은 사람이라는 것을 깨닫게 되는 것은 참으로 감사하고 행복한 일이다.

텔레비전을 많이 보고, 승호에게 많이 보여주는 것으로 스트레스 받는 것을 이해하지 못하는 남편은 나름대로 승호와 내가 정한 규칙을 깨기 일쑤였다.

"오늘은 불금이니깐, 승호 보고 싶다면 다 보여주고 우리도 좀 쉬자!"

"오늘은 당신 생리하고 힘든 날이니, 승호 해달라는 대로 해주자!"

"오늘은 아빠 피곤하니깐 좀 쉴게. 당신도 쉬고 싶으면 승호 계속 틀어줘."

"어차피 오늘은 날씨가 안 좋아서 못 나가니깐 텔레비전 보는 날로 정하자!"

한 달에 금요일을 빼고, 엄마 생리하는 일주일을 빼고, 엄마 아빠 피곤한 날을 빼고, 날씨 안 좋은 날을 빼고 나면 며칠이 남을까. 이 말을 바꾸면 부모가 내킬 때만 교육하겠다는 말이나 다름없지 않을까. 교육에 모든 이유와 핑계를 제하면 과연 어떤 의미가 있을까.

교육은 무엇보다 일관성이 중요한데, 부모는 늘 일관성 있는 모습을 보여주지 못한다. 그때그때 기분 내키는 대로 말하고 행동한다. 그런 부모를 보며 아이들은 똑같이 따라한다. 아빠가 했던 말을 들었던 승호는 곧바로 엄마와의 규칙은 지켜야 하는 약속이 아니게 된다.

"승호야, 이제 우리 놀이터 나가서 놀까?"

"아니야. 오늘은 너무 힘드니깐 집에서 계속 텔레비전 보자."

아이들의 학습 속도는 놀랍다. 한번 들은 것은 잊지도 않고 그대로 자기 것으로 만드는 승호를 보며 괜한 남편 탓만 하게 된다. 이런 말과 행동을 아이 머릿속에서 바꾸려면 몇 배의 노력과 인내가 필요하다. 아이와 몇 번을 반복하고 나서야 알게 되었다. 아이와의 규칙과 교육보다 남편과의 대화와 약속이 먼저라는 것을.

"남편! 승호에게 텔레비전 보고 싶은 것을 몇 개 볼지 스스로 정하고, 다 보면 끄게 하는 것은 스스로 정한 약속을 지키고 더 보고 싶은 욕구를 억제하는 자제력을 길러주고 싶어서 그러는 거야. 그러니 힘들더라도 우리가 먼저 일관성 있게 정한 규칙대로 행동하는 걸 보여줬으면 좋겠어."

아이와의 규칙도, 늘 일관성 있게 대하고 행동하는 것도 중요하지만 무엇보다 엄마와 아빠의 관계, 부부의 실시간으로 펼쳐지는 대화 자체가 아이에게는 더 중요한 교육이다.

너무나 당연한 일상이라 미처 교육이라 여기지 못했다. 혼자하는 교육보다 함께하는 교육은 나의 의지와 노력만으로 되지 않기 때문에 더욱 어려운 교육이라 생각한다. 모든 것을 보고 듣고 배우는 아이 앞에서 부모가 하나됨을 먼저 보여주는 것만큼 중요한 것은 없지 않을까 생각해 본다.

말조심
가나다라마바
말조심

사랑은 변한다

결혼은 한 남자와 했지만, 결코 남자 하나만 감당해야 하는 것만은 아니다. 그의 생각, 그의 말과 행동과도 결혼했으며 그와 떼려야 뗄 수 없는 모든 것을 감당해야 한다. 뗄 수 없는 모든 것과 살다보면 바꾸고 싶은 부분이 생긴다. 그건 남편도 마찬가지일 것이다. 배우자의 어떤 부분을 바꾸고 싶다고 생각할 것이다.

남편이 아니더라도 가족, 친구 혹은 누군가의 어떤 부분들을 바꾸고 싶고 새로고침 하고 싶을 때가 있다. 문제는 사람은 쉽게 변하지 않는다는 것이다. 사람은 쉽게 변하지 않는다는 말들을 무수히 듣고 자랐으며, 이를 뒷받침해주는 뇌 과학, 심리학적인 견해도 많이 존재한다. 변화된 행동은 무의식적으로 두려움 혹은 불안함을 일으켜 기존에 사는 방식대로 습관대로 돌아가게 만든다는 것이다.

그 모든 것이 사실이라 할지라도 그걸 믿기에는 너무 절망적이다. 그렇기에 사람은 변할 수 있다는 희망을 품고 싶다. 변화하는 삶을 막는 것이 사람의 본능일지라도 나는 변화할 것이고, 남편 또한 변화할 수 있다고 믿는다.

믿음의 선물인지 남편에게는 조금씩 변화가 보이기 시작했다. 남편이 제일 바뀌었으면 하는 부분은 '말'이었다. 같은 말을 하더라도 남편의 말은 무척 날카로웠기 때문이다.

어느 날, 남편의 퇴근시간이 다가오는데 어지럽힌 집안을 치우지 못했다. 남편이 본다면 한숨과 함께 잔소리를 할 거라 예상했다. 짧은 시간에라도 치우려 애썼지만 산더미같이 쌓인 설거지는 손도 대지 못했다. 결국 퇴근한 남편은 집에 돌아왔고, 쌓여 있는 설거지를 보며 나는 멋쩍게 말했다.

"설거지 너무 많이 쌓아놨지? 저녁 먹고 치울 거야."

"설거지가 쌓였다는 건 그만큼 뭘 많이 만들어 먹었다는 거잖아."

눈이 휘둥그레졌다. 저 사람이 뭘 잘못 먹었나. 어디 아픈 것은 아닌가. 무슨 잘못을 해서 나에게 잘 보여야 할 일이 있나. 머릿속이 복잡했다. 이런저런 요상한 마음이 들었지만, 기분이 좋았다. 산더미같이 쌓여 있던 설거지를 기분 좋게 해냈다. 바뀌어 가는 남편이 낯설지만 좋았다.

또 다른 일이다. 살 뺀다고 다짐하는 나를 보며, 남편의 반응은 한결같았다. 매일 말만 한다는 둥, 사기 결혼을 당했다는 둥, 살 빼는 것이 뭐가 어렵냐는 둥, 살이 없는 남편은 되려 살찌는 것이 어렵다는 둥 염장을 지르며 살찌는 것이 부럽다는 둥… 살 빼는 것을 응원한 적이 없던 남편 앞에서 또 혼잣말로 중얼거리게 되었다.

"이번에는 꼭 살을 빼야겠어."

"알아. 시간이 걸려서 그렇지 당신이 말하는 건 꼭 해낸다는 사람인 거."

감동한 나머지 눈물이 날 뻔했다. 남편 입에서 이런 말이 나올 거라는 상상을 해본 적이 없기 때문이다. 남편의 변화와 믿어줌에 대한 고마움이 마음을 울린다.

남편의 변화는 나에게 잔잔한 울림을 주었고, 그 울림으로 인해 또 다른 변화가 찾아왔다. 서로의 변화로 인해 우리 부부는 계속 울림을 주고받는 관계가 될 것이다.

이 울림이 우리 부부에서 멈추지 않고 더 멀리 퍼져 나가 많은 부부들이 서로의 변화로 인해 울림 가득한 삶을 살았으면 하는 바람을 품어본다.

결혼 후의 사랑

데이트 생각에 설렌다거나 꼭 안아주면서 사랑한다고 속삭이는 것만이 사랑이라 생각했던 어린 시절의 내가 귀엽게 느껴진다. 연애와 결혼을 다이어트로 비교한다면, 연예인 사진을 보며 열정적으로 살을 빼는 시기가 연애이고, 뺀 살을 진득이 유지하는 것이 결혼생활일 것이다.

연애는 불같이 활활 타오르고, 결혼은 차갑지도 뜨겁지도 않은 적당한 따뜻함을 유지하는 것일지도 모르겠다. 모든 처음은 열정과 용기로 시작할 수 있지만, 꾸준함은 그것만으로는 힘들다. 노력과 끈기, 인내 그리고 어느 정도의 애정이 필요하다.

일이든 운동이든 사람이든 공부든 자신이 좋아하지 않는다면, 최소한의 애정도 존재하지 않는다면, 오랜 관계를 유지하기 힘들 것이다. 그래서 관계를 유지하는 일이나 무언가를 꾸준히 하는 것은 쉽지 않은 일이라 생각한다.

보통 결혼할 때는 크든 작든 어느 정도의 환상을 가지고 시작하는 것이 대부분일 것이다. 하지만 서로 다른 두 사람이 같은 공간에서 맞춰 가며 사랑을 유지한다는 것은 쉬운 일이 아니다. 그 이유는 사랑의 증거인 설렘은 곧 편안함으로 바뀌기 때문이다.

내가 생각하는 결혼 후의 사랑은 그 사람을 알아차리고 존중해주는 것이다. 편안함 속에서 누군가를 존중하는 일은 결코 쉽지 않다. 그럼에도 불구하고 나는 요즘 결혼 후의 지속적인 사랑을 꿈꾼다. 서툴고 부족하지만 편안함 속 사랑을 생각해 본다.

평소 늦잠을 자지 못하는 그를 위해 주말에 깨우지 않는 것. 아빠를 깨우려는 아이에게 깨우지 말라고 당부하는 것. 아침을 꼭 챙겨주는 것. 출근하는 그에게 조심해서 잘 다녀오라고 배웅해주는 것. 돌아온 그에게 오늘도 고생했다고 말해주는 것. 저녁에 먹고 싶은 것이 있냐고 물어보는 것. 평일 저녁 식사 후 설거지는 내가 하려 하는 것. 퇴근 후 피곤한 그를 위해 아이의 씻김과 잠자리는 내가 하려 하는 것. 텔레비전을 없애지 않는 것. 텔레비전만 보는 그에게 잔소리 하지 않는 것. 한 달에 한 번 부부의 의미 있는 시간을 갖자고 제안하는 것. 지쳐 보이는 모습에 혼자만의 시간을 갖게 해주는 것. 이벤트가 아니라도 무언가를 선물하는 것. 하고 싶은 것이 무엇이냐고 물어봐주는 것. 무언가를 배우기 위한 시간을 선물해주는 것은 나만의 사랑 방법이다.

그가 하는 결혼 후 사랑 방법을 생각해 본다.

지친 기색이 느껴지면 외식하자고 말해주는 것. 말없이 설거지를 해주는 것. 무슨 일이 없는데도 핸드폰을 울리게 해주는 것. 퇴근 후 항상 집에 돌아와 가족과 함께 식사하는 것. 반찬 투정을 하지 않는 것. 퇴근하며 평소에 먹고 싶다던 것을 사오는 것. 청소되지 않은 집을 보며 잔소리 하지 않는 것. 밥하는 시간에 아이와 신나게 놀아주는 것. 기념일을 기억해 외식하는 것. 불편해 하는 모습을 보며 해결해주는 것. 꼭 필요한 것을 선물하는 것. 자동차를 체크해주는 것. 외출하는 시간을 선물해주는 것. 친정에 원하는 만큼 보내주는 것. 하고 싶은 일을 응원해주는 것.

결혼 후의 사랑은 답이 없다. 자신의 방식대로 사랑하고 유지해가는 것이다. 그것을 서로가 알아차리는지 그렇지 못하는지에 따라 사랑을 느끼는 정도가 다른 거라 생각한다.

얼마 전까지만 해도 결혼 전에 비해 사랑이 식었다고 느꼈던 내가 부끄러웠다. 남편은 매일 자신만의 방식으로 나를 살피며 사랑해 주었고, 나는 사랑 받고 있었다.

작동하지 않은 설렘이 사랑이 아닌 것은 아니다. 서로의 가려운 부분을 긁어주는 것. 말하지 않아도 눈으로 통하는 것. 서로가 소중하게 여기는 부분을 지켜주는 것. 없다고 생각하면 눈가가 촉촉해지고 먹먹함이 밀려오는 것. 그런 것이 결혼 후의 사랑이라고 생각한다.

우리는 아직도 따뜻한 사랑을 하고 있다. 물론 차가운 사랑을 하는 날도 있겠지만, 얼마 지나지 않아 다시 따뜻한 사랑을 하는 우리가 될 것이라 믿는다.

그대의 소리 없는 사랑을 사랑한다.

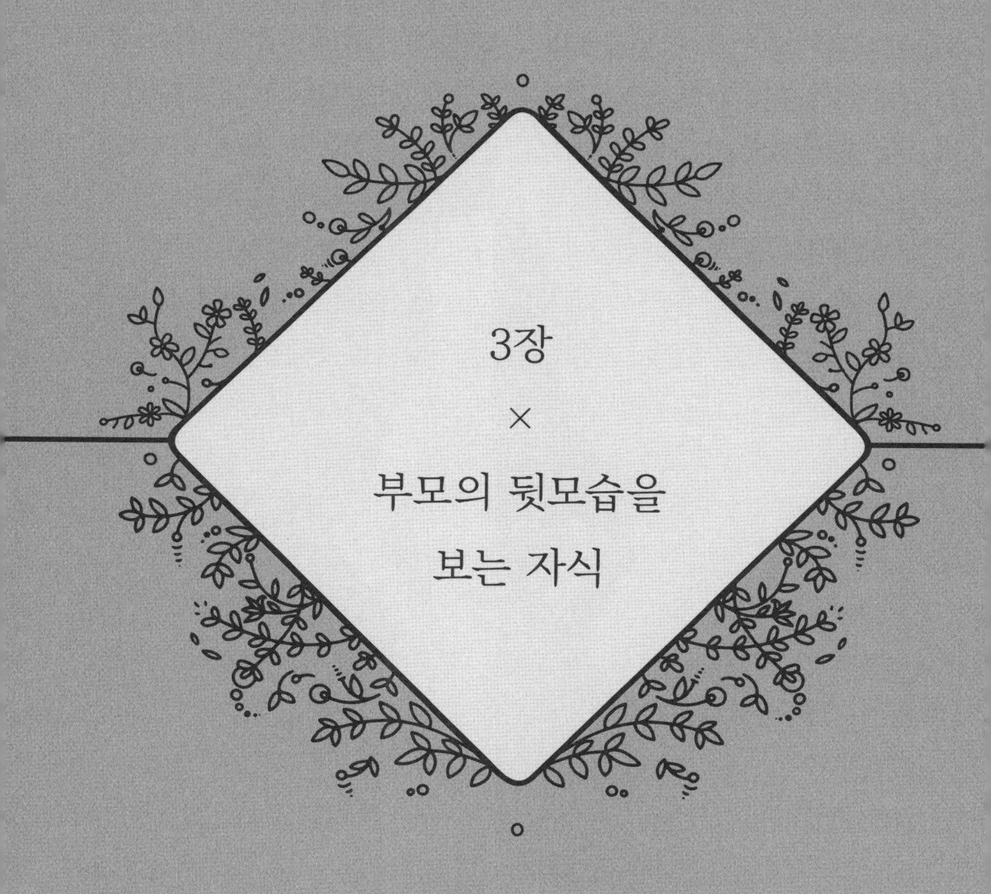

3장

×

부모의 뒷모습을 보는 자식

시댁이 어려운 이유

"어머님 아버님께 엄마 아빠라고 부를까?"

결혼하고 얼마 안 됐을 때의 일이다.

"뭐 나쁘지 않지. 근데 너무 반말하면서 예의 없게 하는 건 아닌 것 같아."

"아니, 그냥 호칭만 바꿔 부른다는 거지. 호칭을 바꿔 부르면 더 친숙하거나 정겹게 느껴지니깐."

"마음대로 해."

결국은 이런저런 생각만 하다 시간이 흘렀고 없던 일이 되었다. 그런데 언젠가 이런 생각과 의문이 들었다. 난 엄마 아빠를 대하면서 예의를 생각하지 않는다는 생각. 남편 또한 어머님 아버님을 대하거나 대화하는 것을 보면 영락없는 막내아들이라는 생각. 그런데 배우자 부모님은 왜 무조건 예의를 갖추어야 한다고 생각했을까 하는 의문 말이다.

너무 당연하지만, 어느 순간 당연하지 않다는 생각이 들었다. 결혼함과 동시에 엄마 아빠가 한 분씩 더 생기지만, 한 번도 겪어보지 못한 예의를 차려야 하는 가족인 것이다. 겪어보지 못한 남편과 아내란 존재는 부대끼며 조금씩 맞춰 간다지만, 배우자의 부모와는 그럴 수 없으니 어려울 수밖에 없지 않을까.

주위에서 시댁에 대한 고통에 외침을 자주 듣는다. 시어머니가 잘해주는 것은 바라지도 않으니 자신을 좀 내버려 뒀으면 좋겠다고 말한다. 누구는 시아버지 때문에 힘들다고 말한다. 세상 모든 일이 자신이 생각한 대로, 바라는 대로 흘러가면 좋겠지만, 아무것도 하지 않고 그런 일은 일어나지 않는다. 특히 사람에 관한 일은 더욱 그렇다고 생각한다.

어려울 수밖에 없는 시댁이지만, 그럼에도 불구하고 나는 어렵지 않기를 바란다. 시어머니가 자신을 내버려 두기를 바란다면, 시아버지가 자신을 힘들게 하지 않기를 바란다면, 되려 그분들을 엄마, 아빠라고 생각해보면 어떨까.

말도 안 된다고 생각할 수 있다. 하지만 내 마음을 달리 먹고 생각을 바꾼 순간, 어머님, 아버님의 행동이 조금씩 이해되기 시작했다. 며느리를 불편하게 만들기 위해서가 아니라 자식을 생각하는 부모의 마음에서 비롯된 것이었다.

누군가는 시댁 어른들의 행동에 '왜 그러실까'라는 생각으로, 이해하지 못하고 관계를 피하거나 포기한다. 생각해보면 그 분들 또한, 한 사람의 인간일 뿐이다. 관계를 떠나서 그 사람 자체를 인정하면 되는 일이다.

'피곤하게 굳이' 혹은 '나만 지치지'란 생각보다 '내가 먼저' 행하는 모든 것은 선하게 되돌려 받는다고 믿는다. 그러니 믿고 품고 행해보는 건 어떨까.

어려운 가족이 가득한 우리 사회가, 편안함이 묻어나는 가족들로 가득해지기를. 고통의 외침이 즐거운 콧노래로 바뀌기를 바라본다.

여자로 산다는 것

"영희야 영희야."

할머니가 부르는 소리.

"영희야 밥 먹게 숟가락 놓아라."

"영희야 등에 머리카락 있으면 좀 떼어봐라."

"아이고 다리야. 영희야 다리 좀 주물러라."

"영희야 밭에 깨 좀 털러 가자."

"영희야 등 좀 밀어라."

"영희야 영희야."

지금도 머릿속에서 메아리처럼 할머니의 목소리가 울려 퍼진다. 말투, 억양, 음색까지도.

"민수야 밥 먹어라."

말 속에 숨은 의미를 인지하기 전까지는 나를 부르는 소리가 싫지 않았다. 그런데 언제부터인지 할머니 부름의 차이를 느끼게 되었다. 오빠는 먹으라고 부르고, 나는 시키려고 부르는 자연스러운 할머니의 차별을 말이다.

차별은 나의 생활임에도 불구하고, "할머니! 왜 나만 시켜!"라고 따져 묻지 못했다. 그러기에는 머리가 커져 버렸다. 머리가 크면 더 잘 따질 것 같지만, 큰 머리는 할머니를 이해하는 데 사용됐다.

너무 자연스러운 거니깐. 할머니는 옛날 사람이니깐. 여자보다 남자를 선호하는 시대에 살았으니깐. 나조차도 바꾸려 하지 않았고, 어느새 당연하게 생각했다.

때가 되면 잊지도 않고 돌아오는 명절. 가족들이 모이는 명절. 당연한 명절이 돌아왔다. 결혼한 나는 시댁으로 당연하게 향했다. 왜 당연해야 되는지 모른 채 말이다. 명절에 부엌과 여자들은 쉴 새 없이 바쁘다. 삼시 세끼 차리랴, 전 부치랴, 치우랴, 이 또한 부엌이 없으면 해내지 못했을 것이라 생각하니, 당연하게 여겼던 부엌에게, 밥상에게, 각종 식기들에게 미안하고 고맙다는 생각이 들었다.

큰 상과 작은 상이 나왔다. 냉장고에서 반찬을 꺼내 두 개로 나누었다. 한 상에는 냉장고에서 그대로 나온 반찬통, 또 다른 한 상에는 그릇에 새로 담아 올렸다. 언제나 그렇듯 자연스럽게 큰 상에는 남자들이 앉고, 작은 상에는 여자들이 앉았다.

숟가락을 들려고 할 때 어머님의 말씀이 이어졌다.

"정성스레 놓은 반찬 그릇을 작은 상에 놓으면 어떡하니?!"

이 한마디에 가슴이 요동치며, 어릴 적 기억이 되살아났다.

"영희야 영희야." 하루에도 열두 번씩 부르던 할머니의 목소리가 귓가에 맴돌았다.

왜 여자는 정성스레 놓인 반찬을 먹으면 안 되냐고. 왜 여자는 정성스레 놓인 반찬을 먹으며 눈치를 봐야 하냐고 묻고 싶었다. 왜 어머니 자신에게 그런 대접을 하느냐고 묻고 싶었다.

할머니에게 못했던 그 질문을 어머니에게 하고 싶었다. 하지만 목구멍에서 차마 그 말이 나오지 않았다. 왜 그랬을까. 시댁이니 나도 모르게 조심스러워서 그랬을까. 어른들에게 실례가 되기 때문이었을까.

꽤 오랜 시간 생각했다. 어떤 이유에서 그 질문을 입 밖으로 꺼내지 못한 건지, 오랜 시간이 지나서야 답을 찾은 것 같았다.

과거 일을 잊지 못한 건, 어머님께 묻지 못한 건, 할머니도 어머님도 여자라는 사실 때문이다. 그 사실은 나를 슬프게 만들었다.

우리 사회의 남녀차별은 같은 여자에 의해 이루어지기도 한다. '당연함'으로 자연스럽게 우리 머릿속에 박혀 악순환된다는 것이 무섭게 느껴졌다. 할머니와 어머님은 힘든 시대에 태어나 나의 차별과는 비교도 안 되는 당연한 차별의 삶을 살아오셨다는 생각을 하니 마음이 아팠다.

개인의 감정은 아프고 슬프지만, 그렇다고 차별이 당연해지는 사회에 지고 싶지 않다. 다음 세대에까지 이 아픔을 넘겨주는 일만큼은 막고 싶다. 악순환의 고리를 끊기 위해서라도 나 먼저 생활에 배어 있는 자연스러운 당연함을 잘 간파해나가야 한다.

다음 세대인 아이에게 당연하지 않음을 가르쳐야 할 사람은 엄마인 바로 나이니깐.

풀리지 않는 목도리

엄마를 떠올리면 눈가가 촉촉해진다. 왜 눈물이 맺히는 걸까. 목구멍이 메어온다. 떼어낼 수도 넘길 수도 없게, 그것은 오래도록 나의 목구멍을 돌돌 에워싸고 있다. 때론 따뜻하게, 때론 뜨겁게, 때론 숨 막히게.

그것은 무엇일까. 엄마에 대한 사랑? 아픔? 안쓰러움? 아니면 엄마의 무언지 모를 한? 아직도 답을 찾지 못했다.

나눌 줄 모르는 욕심 많은 나는, 항상 다른 누군가에게 모든 걸 퍼주는 엄마가 못마땅했다. 반찬이나 과일을 옆집에 주고 오라는 심부름을 시키면 "그냥 우리가 먹으면 안 돼?"라고 말했다.

학교 간 사이 옆집 동생들이 내 물건에 손대기라도 하는 날이면 세상이 떠나가도록 소리를 질렀다. 유년기를 떠올리면 꽤나 시끄러웠다. 오빠와 함께 미용실에 가는 날에는 뭐가 그렇게 좋은지 거울을 통해 눈만 마주쳐도 배꼽 빠지게 웃던 나의 어린 시절. 사실 이런 행복한 기억은 잘 떠오르지 않는다. 기억 저편 어딘가를 한참 헤집어야 나온다.

나의 어린 시절을 떠올리는 순간 수면 위로 올라오는 생각은 '다시는 돌아가고 싶지 않은' 혹은 '무서울 정도로 나를 휘감는 우울감'이다.

내 기억에 남은 어린 시절 나의 세계는 엄마가 전부였다. 엄마는 급격하게 나빠지는 집안 사정에 이어 아빠와의 관계에서 매우 힘들어했다. 그리고 얼마 지나지 않아 제일 가깝게 지내던 엄마의 오빠인 막내 외삼촌을 잃었다.

기댈 곳이 없는 엄마는 친구처럼 지내던 딸에게 많이 의지했다. 엄마는 나에게 비밀 없이 모든 것을 얘기했고, 그때의 나는 중학생이었다. 거부할 수도 거부할 생각도 하지 못한 나는 십대 중반에 나의 가장이 되었다.

일자리와 돈, 가족까지 잃은 엄마는 슬픔 그 자체였다. 마음을 공유했던 나 역시 슬픔과 하나 되어 살아갔다. 내가 잃은 건 외삼촌이 아니라 오빠였다. 그때는 엄마와 나를 분리할 수 있는 능력이 없었다.

학교에 다녀오면, 침대 위에 누워 하염없이 천장만 바라보았다. 깜깜한 비닐봉지 안에 갇힌 느낌. 언제까지고 끝나지 않을 것만 같은 두려움과 슬픔이 아직도 생생하다.

죽고 싶은 마음을 숨기는 엄마의 눈빛을 지금도 잊을 수 없다. 그런 엄마를 보며 나 역시 죽고 싶다는 생각을 했다. 나는 늘 엄마에게 말하고 싶었다. 그 시절 잘 견뎌주셔서 감사하다고 말이다.

17년도 넘게 나의 목을 휘감고 있는 목도리를 떼어내는 날이 올 수 있을까. 겨울이 가고 봄이 왔다고 수없이 말해보아도 목이 시려 목도리를 떼어 낼 수가 없다. 떼어 낸 시린 목을 상상만 해도 두려움이 엄습해 온다. 그렇지만 지금 내 몸은 한 번도 풀지 못한 목도리로 인해 항상 땀에 흠뻑 젖어있다.

목도리를 분리한다는 것은 롤러코스터 안전바가 풀리는 상상을 하는 것만큼 아찔한 상황처럼 느껴진다. 당장 생명의 위협을 받는 불안함에 놓이는 것과 비슷한 기분이다. 그렇기 때문에 스스로 목도리를 푼다는 것은 큰 용기가 따른다.

불안함이 사라진 것은 아니지만, 다시 한 번 봄의 기운에 용기를 내본다. 두려움을 이겨내고, 목도리를 풀어본다. 목도리를 나와 분리한 순간 생명의 위협을 느낄 것 같지만, 아무런 일도 일어나지 않는다. 변하는 것은 없다.

목도리를 떼어내도 엄마에 대한 나의 사랑은 사라지지 않고, 그대로이다. 오히려 두려움을 이겨낸, 봄기운을 품은 사랑은 그 어느 때보다도 따뜻하다.

"엄마, 우리에게도 따뜻한 봄이 왔어요."

무언의 무게

깜빡이는 커서를 쳐다만 본다. 한 시간이 훌쩍 지나 눈물을 훔치며 용기를 내본다.

아빠와 함께한 기억들을 떠올리면, 기쁘고 행복한 단어보다는 상처라는 단어가 두둥실 떠올라 매번 터트리고 싶은 충동을 느낀다. 모든 상처는 시간이 해결해준다는 말은 온통 거짓말이다. 아주 오랜 시간이 흘렀지만, 아직도 선명하게 쓰려온다. 내 기억 속에는 충격적인 그 한 단어만 남아 있다.

"나가! 당장 엄마한테 가!"

매번 엄마의 입장을 대변하던 나는 부모의 싸움에 휘말리고 말았다. 어린 나이는 아니었지만 강한 충격을 받아서인지 앞뒤 상황이 잘 기억나지 않는다. 아빠의 목소리만 메아리쳐 울릴 뿐이다. 그때 나는 아빠에게 사망선고를 받은 것처럼 느껴졌다. 버림받는 기분을 느끼고 한참을 이불 속에서 나오지 못했다.

아빠 또한 진심이 아니었겠지만, 매번 엄마 편만 드는 딸이 야속하게 느껴졌으리라. 사정 있는 자신의 말은 하나도 들으려 하지 않은 채. 나 또한 아빠에게 할퀸 상처들을 떠올리면 한껏 아려온다.

용기 내어 고백한 아빠에게 머리가 클 만큼 커진 딸은 망설임 없이 내던졌다. 상처가 울부짖듯.

"아빠가 그걸 한다면, 나는 다시는 아빠 안 볼 거야."

나 역시 진심이 아니었건만, 강한 반대 의견을 낸다는 것이 아빠의 가슴을 뚫고 지나갔다. 그것은 다시 부메랑이 되어 나에게 돌아왔다.

10대 시절, 돈은 없는데 별 모양 핀이 너무나도 예뻤다. 친구를 통해 갖는 방법을 알게 되었고, 나쁜 일임을 알면서도 나의 행동을 막지 못했다.

서툰 10대의 행동은 날카로운 사장님의 눈을 피하지 못했다. 부모님이 오지 않으면 절대 보내줄 수 없다는 사장님의 말에 울음이 터졌다. 얼마 지나지 않아 친구는 부모님을 따라 집으로 향했고, 나는 그저 서 있었다. 차마 엄마의 번호를 알려줄 수 없었다. 오빠를 통한 간접경험으로, 나쁜 행동을 하면 천사같은 엄마도 회초리를 든다는 것을 알았기 때문이다.

떨리는 손으로 아빠의 연락처를 사장님께 드렸고, 얼마 지나지 않아 아빠의 모습이 보였다. 하지만 아빠와 마주할 수가 없었다. 아빠와 사장님과의 대화는 들리지 않았다.

곧 가게에서 나오게 되었고 땅만 보는 나에게, 아빠는 예쁜 별 모양 핀을 건네주었다. 그리고 아무 말도 없이 뒷모습을 보이며 걸어가셨다. 단 한마디도 하지 않은 채.

그 뒷모습이 아직도 잊히지 않는다. 20년 가까운 세월 동안 단 한 번도 제일 좋아하는 별 핀을 머리에 꽂아보지 못했다. 잘못되었다는 것을 알면서도 저지른 행동에 대한 벌이겠지. 아빠에게 죄송하다는 말조차 하지 못 한 벌이겠지.

부모가 되어보니 그 상처가 점점 더 커진다. 잘못한 자식에게 호통 한번 치지 못한 아빠의 심정을 생각하면 차마 고개를 들 수가 없다.

'아빠 죄송해요. 그리고 정말 많이 사랑해요.'

노부부의 숨겨진 표현

언제부터였는지 기억나진 않지만 나는 혼자서도 잘 논다. 커피숍, 영화관, 식당, 혼자 밥을 먹다 보면 원하든 원하지 않든 자연스럽게 옆 테이블의 대화 소리가 들려올 때가 있다.

그날 대화의 주인공은 노부부였으며, 밥 먹던 나는 그 소리를 모른 척할 수가 없었다. 그 이유는 입에 넣은 숟가락을 다시 뱉을 정도로 깜짝 놀랄 호통이 들려왔기 때문이다.

"아니! 이걸 먹으면 어쩌자는 거야!"

무슨 잘못을 했기에 할아버지는 할머니에게 식당 사람들 다 들리게 호통을 치시는 걸까. 호통의 연유를 알아내기 위한 나의 몸과 귀는 이미 노부부 테이블을 향해 있었다. 하지만 할아버지의 흥분 상태에 비해 너무도 차분한 할머니 대응에 놀랐다. 할머니는 익숙한 듯싶었다. 마치 알아듣지 못해 우는 것밖에 할 줄 모르는 신생아를 달래듯 말했다.

"그럴 때는 이렇게 이야기해 봐요. 당신 생각해서 하는 말이라고. 이건 먹으면 안 되는 거 아니냐고 말이에요."

이야기를 듣고 있자니 머릿속이 복잡했다. 그냥 생각 없이 밥을 먹었으면 좋았을 터인데 이미 시작된 궁금증은 퍼즐을 완성해야만 시원해질 것 같았다.

처음에는 할아버지께서 편찮으신가 생각했다. 하지만 나름대로 이야기를 듣고 짜맞추어본 결과, 정답은 아니었다. 할머니는 어딘가 건강이 안 좋으신 상황이고, 아무거나 드시면 안 되었던 듯싶다. 문제는 주문이 잘못되어 원하지 않은 메뉴가 나왔고 할머니는 이미 나온 것을 어쩌냐며 그냥 드시려던 데서 생겼다. 그리고 할아버지는 음식을 가려 드셔야 하는 할머니가 걱정되셨던 모양이다.

상대에 대한 걱정과 위하는 마음을 내색함을 부끄럽게 생각하고 서툴게 표현하여 생긴 일이다. 표현이 서툴러서 관계가 악화되는 경우는 주위에서 심심치 않게 볼 수 있다. 할머니 또한 호통에 반격하셨다면 나는 곧바로 식당에서 나오고 싶었을 것이다.

할머니는 얼마나 긴 세월 동안 할아버지의 숨은 표현을 찾아왔던 걸까. 할아버지에게 달래듯 말하게 된 것은 언제부터였을까. 할아버지는 자신의 마음이 호통 뒤에 숨겨진 사랑이라는 것을 알고 계신 걸까.

노부부를 보고 있자니 얼마 전 엄마에게 했던 말이 자꾸 머릿속을 맴돈다. 시집간 딸이 친정에 가는 날이면, 하나라도 더 챙겨 보내고 싶은 엄마의 마음이 느껴진다. 이사라도 가듯 냉장고에 있는 것 없는 것을 다 챙겨주는 엄마를 보며 말했다.

"엄마, 왜 나만 오면 냉장고 청소를 하는 거야!"

냉장고 청소라는 말에 멋쩍게 웃는 엄마를 보며 미안했다. 사실은 그 말을 하고 싶은 게 아닌데, 냉장고에 있는 걸 다 주면 어떡하냐고, 고맙다고, 엄마가 있어서 너무 좋다고, 친정 없는 사람 어디 서러워서 살겠냐고 말하고 싶었다. 하지만 서투른 나의 감정표현은 냉장고 청소 한마디로 끝나버렸다.

고맙다거나 미안하다는 말은 오히려 가족이 아닌 남에게 잘하는 경우가 많다. 하지만 정작 가까이에서 제일 들려줘야 하는 사람에게는 서툴다. 그런 말은 가족끼리 하는 거 아니라는 둥. 가족은 눈만 보아도 안다는 둥. 무소식이 희소식이라며.

십 년 이십 년, 출퇴근길에 늘 해오던 당연한 운전을 새롭게 대하기란 어렵다. 하지만 조심하지 않고 방심하다가는 큰 사고로 이어질 수 있다. 편안하게 조건 없이 항상 내 편으로 곁에 있다고 해서 함부로 대하다가는 큰 후회로 남을 수 있다.

당연한 존재라 생각되는 부모이고 가족이지만, 절대 당연하지 않다. 늘 감사해야 할 존재이다. 그러니 숨겨진 표현 말고, 건강한 표현으로 사랑을 느끼게 해줘야겠다. 노부부께 감사한 마음으로 식사를 마친 후, 식당을 나와 전화를 걸었다.

"엄마 밥 먹었어? 그냥 생각나서 전화해봤어."

몸이 좀 배배 꼬이면 어떤가. 부끄러움이 가족의 웃음소리보다 중할까.

진실게임

지역 도서관 프로그램 중 김미아 작가님의 '나를 돌아보는 글쓰기' 수업이 있어 참여하게 되었다. 그 수업에는 30대부터 70대까지 다양한 연령대의 분들이 계셨고, 많은 이야기를 나누며 다양한 시각으로 상황을 바라보는 계기가 되었다.

그중 정년퇴직하신 60대 남성분이 계셨는데, 그분을 보고 있으면 아버님이 떠올랐다. 닮아서라기보다는 연배가 비슷하고 퇴직을 하셨다는 점, 그리고 무언가를 즐기고 사신다는 점 때문이었다.

삼 개월 동안 주마다 만나 이런저런 이야기를 나누다 보니 금방 정이 들었고, 어떤 이야기든 거리낌 없이 하게 되었다. 언젠가는 손주에 관한 이야기를 나누었다.

"요즘 딸이 애를 데리고 집에 자주 와요."

"오. 그럼 좋은 일 아니에요?"

"좋긴 한데 너무 자주 와. 어쩌다 한 번 와야 좋지. 나도 내 할 일이 있는데 아기 때문에 나가지도 못하고 말이야. 힘들어."

그 말을 듣고 놀랐다. 아니 사실은 충격적이었다. 자식을 결혼시키고 양가 어른들이 서운하고 허전할까 싶어 일부러 더 자주 갔었다. 그런데 너무 자주 와서 힘드시다니, 부모님의 속마음을 다른 사람을 통해 전해들은 기분이었다. 물론 사람은 생각하는 것이 다르고 상황 또한 다를 수 있으니, 양가 부모님은 그분처럼 생각하지 않을 수도 있다.

그보다 부모님 입장에서 자식들의 방문을 힘들다고 느낄 수 있다는 자체로 놀랐던 것이다. 입장 바꿔 생각하고 다른 사람을 배려하려 노력한다지만, 역시 모든 것은 내 위주였다는 생각이 들었다.

보고 싶어 하는 손주를 보여 드려야겠다는 생각만 했을 뿐, 퇴직하시고 집에 계신다고 일이 없지 않으며, 먹는 것 또한 신경 쓰일 거란 생각을 깊이 하지 못했다. 엄마와 시어머니 또래의 60대 여성분의 말이 이어졌다.

"맞아. 딸이 오면 좋죠. 그런데 솔직한 심정으로 갈 때 되면 더 좋아."

진실게임 중 진실을 들은 느낌이었다. 그 순간, 내가 배려라고 생각한 행동들이 다른 사람에게는 배려로 느껴지지 않을 수도 있다는 생각을 하게 되었다.

늘 배워왔던 효라는 단어가 낯설게 느껴졌다. 내가 아는 효는 자주 찾아뵙고, 얼굴을 보이는 것이라 느꼈는데 말이다. 지금은 지역이 달라 자주 찾아뵙지는 못하지만, 승호 방학이 되면 일주일씩 종종 가곤 했었다. 다음 기회에 양가에 가게 되면 효에 대한 진실게임을 해봐야겠다.

선을 지키는 효

주위만 보아도 아직 부모의 울타리 안에서 벗어나지 못한 사람이 많다. 서른이 훌쩍 넘었지만, 부모에게 용돈 받아가는 사람이 있는가 하면 용돈은 받아가지 않지만, 부모와 한 지붕 아래에서 함께하는 이들도 많다. 또는 자신에 대한 결정권을 부모에게 위임한 경우와 의지하는 경우, 그 반대의 경우 등 무수히 많은 경우가 존재할 것이다.

부모에 대한 독립은 크게 세 가지로 나뉘는 것 같다. 경제적 독립과 육체적 독립 그리고 정신적 독립이다. 나를 놓고 보자면 경제적 독립은 고등학교 시절, 육체적 독립은 이십 대 초반 시절이다.

정신은 경제와 육체와는 다르게 눈에 보이지 않으니 무 자르듯 정확하게 판단하기 어렵다. 그럼에도 나는 정신적 독립 또한 결혼과 동시에 이루었다고 생각했다. 그런데 최근 들어 부모님에 대해 너무 무례한 걱정을 하고 있다는 생각을 하게 되었다.

부모님에게 손 벌리지 않고 걱정 끼치지 않으면 된다고 생각했지만, 그 반대의 경우도 존재했다.

미래에 대한 걱정이 특기였던 나는 무의식중에 어느새 부모님의 미래까지 설계하고 있었다. 효를 넘어선 무례한 침범이었다. 부모님의 인생은 부모님이 계획하고 꾸려갈 권리가 있는데 말이다.

나는 부모님에 대한 선을 지키지 못했다. 이런 무례한 침범은 갑작스러운 것이라기보다 무의식중에 잠재되어 있다가 틈이 생기면 바로 비집고 나오는 것 같다. 그러니 나는 지금까지도 정신적 독립이 이루어지지 않은 것이다.

지금 시대는 경제적, 육체적, 정신적 독립만 제대로 이루어져도 효를 행하는 것이라 생각한다. 내가 승호에게 바라듯, 자신의 인생을 잘 꾸려가고, 선을 지키는 효를 행하기를 부모님 또한 바라시지 않을까 생각해본다.

시댁과의 관계

처음 어머님 아버님을 대할 때는 거리낌 없이 다가가 팔짱도 끼고 철없는 말도 주절댈 정도로 편하게 생각했다. 어머님 아버님을 잘 만난 덕분에 고부갈등은 없을 거라 생각했다. 결혼하고 얼마 지나지 않아 남편이 내게 말했다.

"당신이 생각보다 우리 부모님께 잘해서 놀랐어."

그런데 얼마 지나지 않아, 어떤 연유로 아버님께 꾸지람을 들은 이후에는 나도 모르게 움츠러들게 되었다. 나의 소심함이 작동했는지 그 후에는 어머님 아버님이 매우 어렵게 느껴졌다. 고부갈등은 아니지만, 두 분이 어렵게 느껴지며 역시 편한 시댁과 며느리의 관계는 있을 수 없다고 생각했다.

시댁이 어렵다는 생각은 곧 말을 더듬게 만들고, 주저리주저리 떠들던 입도 닫게 했다. 행동 또한 하나하나가 조심스러워졌다. 시댁에서 잠이라도 자는 날이면 예민해져 잠을 설쳤고, 아침에는 어머님의 달그락 소리에 정신없이 일어나 무엇을 하면 되냐고 물었다.

깔끔한 어머님과 아버님에 비해 털털한 내가 무언가 놓치거나 흘렸을까 눈치를 보게 되었다. 그것은 누구도 아닌 나 자신을 불편하게 만들었고, 자주 보고 부딪힐 수밖에 없는 가족이니 피해갈 수도 없었다.

무언가 잘못되었다고 생각한 나는 시댁에 대한 마음을 편하게 갖기로 했다. 마음먹는다고 하루아침에 바뀌는 것은 아니지만, 엄마 아빠에게 대하듯 숨김없이 어머님 아버님을 대하기로 했다. 밉보이거나 잘 보이려는 마음을 놓고 편한 마음으로 대하니 두 분 또한 나를 편하게 대해 주시는 것 같이 느껴졌다.

그런데 생각해보면 변한 것은 없었다. 두 분은 그대로 늘 그 자리에 계셨다. 아버님 어머님은 나의 속마음을 알지 못할 뿐 아니라 나의 행동이 바뀌었다고 느끼지 못할 수도 있다. 다만 나의 마음가짐과 생각의 변화만으로 모든 상황이 편하게 느껴진 것이다. 마음가짐과 생각의 변화만으로 생활을 크게 바꿀 수 있음을 알게 되었다.

지금은 승호가 보고 싶다고 하시면 남편 없이도 시댁에 들러 편하게 잠도 자며, 거실에 앉아 어머님 아버님과 수다도 떠는 정도가 되었다.

무엇보다 이렇게 시댁에 대한 글을 쓰고 있다는 사실이 그만큼 두 분을 어렵지 않게 생각한다는 증거가 아닐까. 시댁이라고 다 어려워야 하는 법은 없다.

나를 알아봐주는 일

허니문베이비가 생겨, 신혼여행 이후 둘만의 여행은 물론 신혼생활을 제대로 즐길 여유가 없었다. 지금 생각해보면 허니문베이비에 감사할 따름이지만 아쉽고 불만스러운 적도 있었다. 임신 이후 첫 명절이 찾아왔다. 무엇이든 적응이 빠른 나였지만 배가 볼록 나온 낯선 몸은 쉽게 적응되지 않았다.

한창 꼬챙이를 끼우다 한 자세로만 앉아 있었기 때문인지 배가 갑자기 신호를 보내왔고, 배를 부여잡고 화장실로 달려가 토하기 시작했다. 아가는 몸을 통해 신호를 보낸 것 같았다. 하지만 나 외에는 아무도 몰랐고, 나는 다시 앉아 일을 시작했다.

그런데 갑자기 얼굴이 화끈거렸다. 신호를 보낸 아가한테 미안해서, 다시 앉은 나에게 화가 나서, 자고 있는 남편에게 화가 나서, 몰라주는 모든 이한테 화가 나서, 스스로 미련하고 바보 같다 느껴져서 미쳐버릴 것만 같았다.

만약 그때 배가 아파 토했으니 쉬겠다고 말했으면, 충분히 누워서 쉬라고 하셨을 어머님이시다. 나는 남뿐 아니라 자신하고도 대화하는 방법을 몰랐다. 그저 외면하기에 바빴다. 나의 외침에도.

내안의 아가의 외침에도.

살아오면서 나를 제일 힘들게 만들었던 것은 그 누구도 아닌 나 자신이었다. 남이 나를 알아주기를 바랄 뿐, 내가 나를 알아줄 생각은 미처 하지 못했다. 하지만 내가 나를 알아봐주는 일은 살면서 그 어떤 일보다 굉장히 중요한 일이었다.

내가 나를 알아봐주면, 다른 사람이 나를 알아주든 알아주지 않든 그것은 중요하지 않게 된다. 누군가가 알아주면 감사한 일이고, 알아봐주지 않는다고 좌절하거나 절망하거나 자신을 괴롭히는 일은 없게 된다. 나를 알아봐주는 일은 관계에서도 역할을 톡톡히 한다. 그것만으로도 고된 여행길에 짐을 하나 덜은 느낌이다.

지금은 알아주기를 바라기보다 누구보다 먼저 나 자신을 알아봐준다.

"어머님 어제 새벽에 일찍 일어났더니 너무 졸려서요. 들어가서 한숨 자도 될까요?"

"아버님 어머님. 저 카페 가서 일 좀 보고 오겠습니다!"

"허리가 너무 삐걱대고 아파서 좀 누워 있어도 될까요?"

나를 잘 알아주다보면, 다른 이들의 외침도 잘 알아주는 내가 되지 않을까 생각해본다.

서로 다른 양가

결혼을 하면 많은 생활이 삐걱거린다. 서로 이해하고, 맞춰가고, 배려해가며 부드럽게 굴러가기까지 시간이 걸린다. 하지만 시간이 지나도 계속 삐걱거리며 맞춰갈 수 없는 것이 있다. 그것은 양쪽 집안이다.

한 남자와 한 여자가 결혼을 했지만, 결코 둘만 결혼한 것은 아니다. 우리는 남자의 집안과 여자의 집안이 결혼을 한다. 결혼한 남녀는 서로 상의하고 의논하며 맞춰갈 수 있지만, 상대방의 집안 앞에서는 오로지 맞춰야 하는 입장이 된다.

물론 요즘 부모세대는 아들을 못 낳는다고 구박하는 세대는 아니지만, 그렇다고 며느리 혹은 사위로서 맞춰야 하는 입장이 바뀌는 건 아니다. 사람 사는 것이 먹고, 자고, 싸고 다 비슷하다지만, 각 집안의 살아온 환경이나 문화, 혹은 사람의 성격과 생각은 다를 수밖에 없다.

어떤 집안과 결혼하더라도 다름을 피해갈 수는 없다. '피할 수 없으면 즐겨라'는 말은 곤욕이다. 곤욕인건 사실이지만, 틀린 말은 아니다. 피할 수 있는 상황은 피하는 게 현명하고, 피할 수 없으면 즐기는 것은 지혜라고 생각한다.

자주 싸우는 부부는 이혼하지 않는다는 말이 있지 않은가. 계속 부딪히며 미운 정 고운 정이 드는 거라 생각한다. 또한 반대로 주말부부가 되면 더 애틋해진다는 말도 있지 않은가. 붙어 있거나 떨어져 있음이 중요한 게 아니라 무엇보다 마음이 중요한 것이라 생각한다. 어떠한 다름도 애정을 뛰어넘을 순 없다고 생각한다.

서로 다른 양가의 문화와 어른들이지만, 겪어보지 못한 다른 시대를 살아왔음을 조금씩 이해하려 노력하고, 자식을 둔 부모의 마음을 헤아리려 한다면 시대는 통하지 않아도 진심은 통하지 않을까.

소심함을 녹이는 대화

지금은 모르겠지만 나의 초등학교 시절에는 친구의 생일날 약속이라도 한 듯 하나같이 봉지과자를 서로 선물하곤 했다. 한참을 친구들의 생일을 맞이하다 보면, 나의 생일이 돌아온다. 지금 생각해보면 선물 품앗이다. 주었던 선물들이 다시 한 번에 돌아온다.

먹으면 없어지는 별 볼 일 없는 선물 같아도 그 시절에는 최고의 선물이었다. 동전 몇 개로 학교 앞 문방구에서 살 수 있는 최고의 선물. 과자를 한아름 안고 집에 돌아왔다.

그 당시 부모님은 맞벌이 중이셨고, 집에 돌아오면 할머니가 계셨다. 그런데 그날은 노인정에 가셨는지 초인종을 눌러도 집안이 조용했다. 도어락이 없던 때라 열쇠를 숨기고 가지 않는 한 집에 들어갈 수가 없었다.

할머니가 가볼 만한 곳을 다 가보지만, 졸지에 나는 복도에 홀로 남겨졌다. 정해지지 않은 곳에서 쑥이나 냉이를 캐 오시는 할머니를 찾기란 하늘의 별 따기다. 사실 그런 날이 수없이 많았지만, 그동안은 문제되지 않았다. 하지만 그날은 나의 생일이었다는 것이 문제라면 문제였다.

할머니는 몰라도 엄마 아빠에게는 내심 기대했다. 퇴근하고 오시면서 짠! 하고 케이크를 내밀지도 모른다고 생각했다. 하지만 기대만큼 실망은 컸다. 하루가 다 가도록 가족 누구도 나의 생일을 알아차리지 못했다. 그때는 어린마음에 한없이 삐뚤어진 생각으로 가득했다.

지금 생각해보면 귀여운 어린 시절에 미소가 번진다. 서운하고 속상한 일은 표현하고 말을 해야 한다. 가족이라고 다 알고 이해하겠거니 혹은 알아서 해주겠거니 생각한다면 곧 어린아이와 같이 삐뚤어짐을 불러일으킬지도 모른다.

말하지 않으면 피를 나눈 가족은 물론, 아무도 모른다. 물론 서로의 모든 것을 다 알아주면 좋겠지만, 바쁜 일상을 살다보면 알다가도 스쳐지나가는 일이 있을 수밖에 없는 것이 현실이다. 이런 거 저런 거 재지 말고, 삐뚤어지기 전에 바라는 것을 미리 말해보는 것은 어떨까.

"나 오늘 생일이야! 케이크랑 선물 받고 싶어!"

"우리 오늘 기념일인데 외식할까?"

가까운 사이일수록 더 자주, 더 크게 부딪힐 일이 많다. 작든 크든 서운하거나 마음에 두고 있는 일 또한 시간이 많이 흘렀다고 지나치지 말고 말해보는 것은 어떨까. 그러면서 오해든, 담아둔 마음이든 풀어보는 것은 어떨까.

"그때 당신이 내 편 안 들어줘서 무척 서운했어."

잘 안다고 생각하는 가족도 사실은 서로에 대해 모르는 경우가 많다. 알아가는 데는 대화만 한 것이 없다. 대화가 얼어붙은 가족은 깨지기가 쉽다. 꽁꽁 얼어붙은 그 어떤 것도 따뜻한 온기가 깃들면 언젠가는 녹기 마련이다.

나의 소심함까지 녹여주는 가족을 생각하면 참 따뜻하다.

단단한 나로부터 진심이 피어나다

2부

나와의 관계

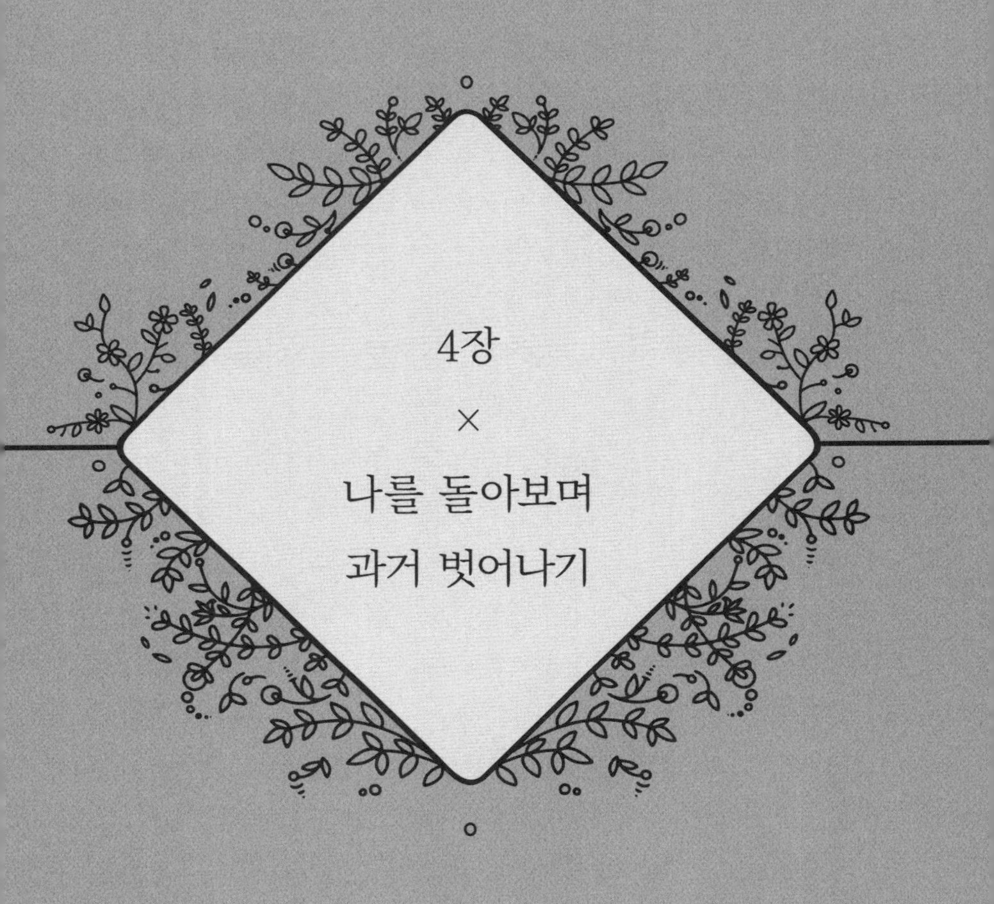

4장

×

나를 돌아보며 과거 벗어나기

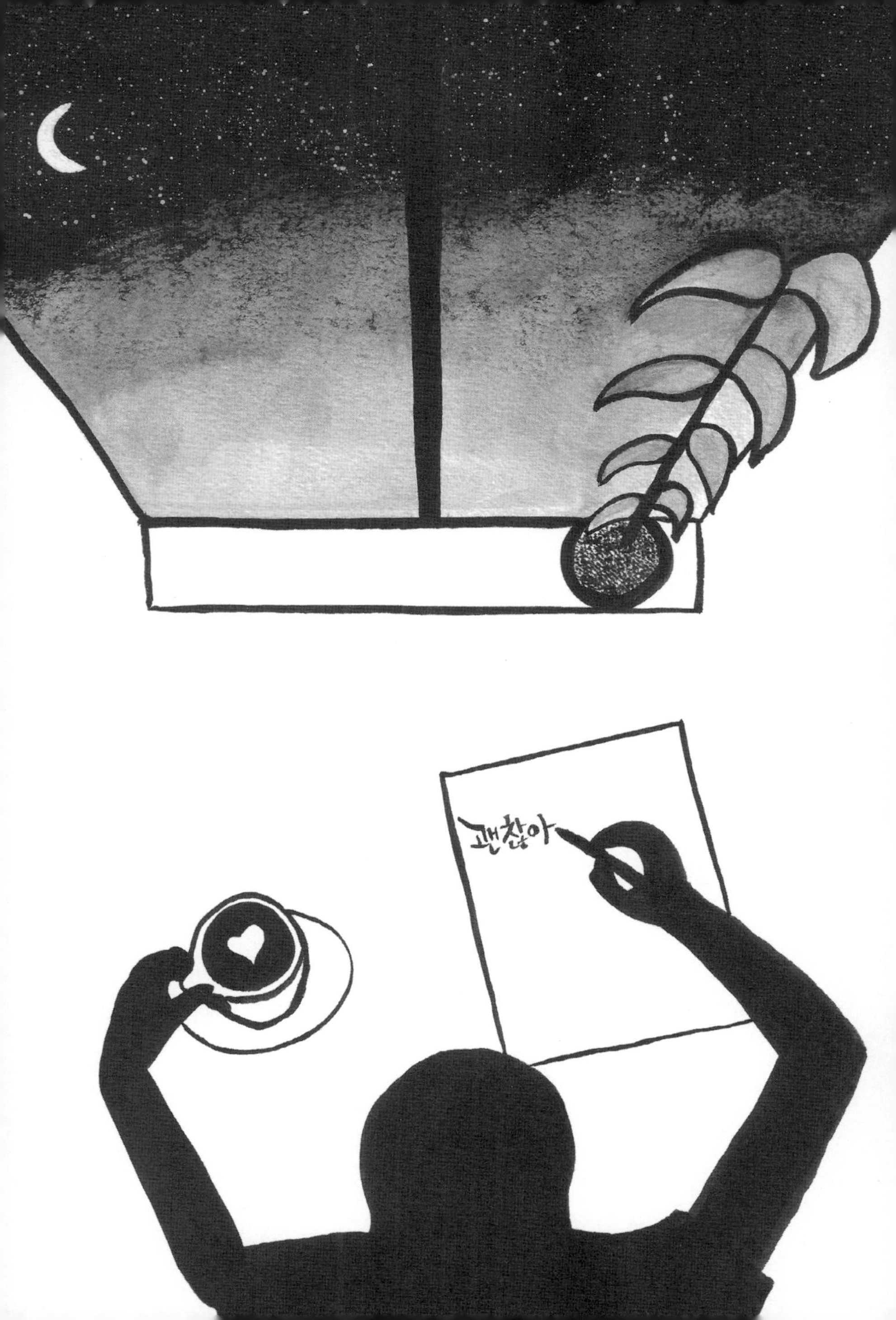
괜찮아

복조리 없어도 괜찮아

텔레비전에서 집이 망하면 검은 양복 아저씨들이 집에 들어와 빨간딱지를 붙인다는 것을 보곤 했다. 초등학생 때 우리 집은 망했다고 생각했다. 다행히 우리 집에서 빨간딱지를 보지는 못했지만 아빠의 사업도, 집에 빚도 많다는 말은 어렸던 나에게 큰 충격이었다.

바쁘시던 부모님은 더 바빠지셨고, 집이 힘들다는 걸 알았기에 엄마 아빠에게 어린아이처럼 기댈 수 없다고 생각했다. 아니 기대면 안 된다고 생각했다. 조금이라도 도움이 되고 싶었다. 짐이 되기 싫었다. 이런 생각으로 부모님께 교재비가 필요하다고, 차비가 떨어졌다고 말하긴 힘들었고, 죄송스러웠다. 그때부터 나는 아르바이트를 시작했다.

중학생이 할 수 있는 아르바이트는 많지 않았다. 주말에 시장 어느 곳에 줄을 서면, 봉고차가 와서 나와 비슷한 아이들을 태웠다. 그 누구도 어디를 가는지 말하지도, 묻지도 않았다. 아무런 말도 없이 달리고 달려 다른 지역에서 차를 세웠다. 그리고 복조리가 담긴 검은 봉지를 나눠준다.

"떨어지면 와서 받아가."

복조리를 파는 아르바이트다. 복조리를 들고 돌아다니며 집을 방문한다.

"불우이웃돕기예요. 하나에 오천 원이에요."

말과 동시에 복조리를 내민다. 수없이 반복하며 검은 봉지 속 복조리를 다 팔고 봉고차에 올라타면 수수료를 남겨준다. 복조리 하나당 천 원 남짓이다. 검은 봉지가 빨리 떨어져 시간이 많이 남으면 또 다른 검은 봉지를 준다. 나름 성과제인 셈이다.

지금도 복 들어온다는 복조리를 좋아하지 않는다. 복조리 아르바이트는 단순 노동이 아니다. 초인종을 '띵동' 누르기까지도 많은 용기가 필요하다. 용기를 내고 나면 양심을 팔아야 했다. 복조리가 팔리면 좋겠지만 이미 알고 계신 아줌마들도 많았다.

"누구세요."

"불우이웃돕기예요."

문조차 열어주지 않는 분들이 많지만, 빼꼼 문을 열어주시는 분이 종종 계신다.

"복조리 불우이웃돕기예요. 하나에 오천 원이에요."

"불우이웃돕기가 아니라 알바인 거 다 안다 얘야. 거짓말하며 돈 버니 좋으니!"

이 정도는 말투가 고운 편이다. 어떤 아주머니는 나를 잡아먹을 듯 째려보며 호통을 치셨다.

"그거 불우이웃 돕기인 거 증명해봐!"

더 이상의 거짓말을 하지 못하고 죄송하다고 바로 뒤돌아 뛰곤 했다. 일찍이 나는 돈 버는 일은 만만치 않다는 걸 알게 되었다.

같이 온 친구는 얼마 버티지 못하고 중간에 가버리기 일쑤였다. 돌아갈 수 없었던 나는 아파트를 다 돌 때면 죽상이 되었다. 마지막쯤 복조리를 들고 초인종을 누른 곳에서는 불쌍해 보였는지 말없는 나의 모습만 보고도 사주셨다. 오랜 시간이 흐르고서야 고백한다. 복조리 사주신 마음 착한 아주머니들에게 감사하다고.

많은 이들이 복 들어오는 복조리를 좋아하지만, 나는 그렇지 않다. 복조리가 없어도 복을 받을 수 있는 충분한 자격이 된다고 생각한다. 하지만 이전에는 그렇게 생각하지 못했다.

다른 사람들이 좋아하면 같이 좋아해야 된다고, 다른 사람들이 하는 것은 덩달아 해야 되는 줄 알고 살았다. 그런데 얼마 전, 알프레드 아들러의 글귀를 만났다.

어린이는 학교에 다녀야 한다는 것이 상식이지만, 만약 학교에서 무척 힘든 일을 당했다면 억지로 학교에 다닐 필요는 없다. 이때는 오히려 학교에 가지 않는 것이 상식이라고 아들러는 말한다. 한 개인에게만 적용되는, 공동체는 받아들일 수 없는 것이다.

모든 사람들은 말하지 않으면 모르는 각자의 사연들이 있다. 이것을 어떻게 자신이 아닌 다른 사람들이 알 수 있겠는가. 각자의 사연에 맞게 삶을 살아가면 된다고 생각하게 되었다.

다른 사람의 시선보다는 내가 살아온 나의 사연에 맞게 살아가면 된다. 부정했던 나의 과거들을 받아들이고 인정하면서 상식적으로 살아가야 한다는 고정관념을 버리기로 했다. 상식의 기준은 사람마다 각자의 사연마다 다르기 때문이다.

나는 나를 존중하기로 했다. 마음의 소리에 귀 기울이기로 했다. 다른 사람들과 똑같지 않다고 해서 불안해하지 않기로 했다. 생각과 행동이 다르다고 두려워하지 않기로 했다.

많은 사람들이 좋아하는 복조리지만, 나에게는 없어도 괜찮다. 앞으로 내가 만들어갈 복들은 세상에서 제일 값지고 귀할 테니까 말이다.

과목 하나당 공책 하나. 모든 과목에 공책이 따라다녔다. 국어 공책, 수학 공책, 국사 공책, 과학 공책. 다행스럽게 나는 공책에 정리하는 걸 좋아했다. 무언가를 따라 적고, 받아 적는 행위는 지겨울 법도 한데 공책 정리를 왜 좋아하는지 몰랐다. 최근까지도 왜 좋아하는지에 대해 깊이 생각해본 적이 없다.

그러던 어느 날 남편 새해 다이어리를 선물해주려 구경하다가 옛 기억이 떠올랐다. 코찔찔이 시절에 나는 공책으로 크게 칭찬을 받은 적이 있다. 수학 선생님이었던가. 내 공책을 보시더니, 하늘 높이 크게 펼쳐 들었다.

"얘들아~ 여기 봐! 공책 정리는 이렇게 하는 거야. 돌려가며 한 번씩 참고하렴."

종이 울리고 쉬는 시간이 되자 공책을 잠시 빌려줄 수 있겠냐고 물어보는 친구를 보며, 놀고 싶은 마음을 꾹 참고 공책 정리한 보람을 느꼈다. 보람을 느낀 정도가 아니라 그땐 어깨가 지붕을 뚫고 올라가는 것처럼 느껴졌다. 그때부터 공책을 정리하는 것이 더 좋아진 것 같다. 무언가를 적고, 써 내려가는 것이 내 마음을 편안하게 만드는 거 같았다.

책을 좋아하고부터는 읽은 책들을 정리하는 일이 내 힐링 방법이다. 꼭 나의 보물을 만들어가는 것처럼 느껴진다. 그런데 어린 시절의 공책과 지금의 공책 정리 중 다른 점이 있다. 바로 글씨체.

그때는 동글동글한 모양에 한 글자 한 글자 정성이 들어간 것이 느껴진다. 글씨체가 귀엽다는 말을 들었던 것 같다. 하지만 최근에 정리한 공책에 쓰인 글씨를 읽기 위해서는 작은 노력이 필요하다. 언제부터인지 알지 못하지만 나의 글씨체는 변했다. 어느새 공책 위를 날아다니고 있었다. 바뀐 이유를 알고 있다. 오직 빨리 쓰기 위해서다.

어딘가에 글씨를 써서 내보여주기라도 해야 할 때면 글씨를 갈기며 홀로 합리화를 시켰다. '나는 원래 글씨를 못 쓰지 않아. 그냥 지금은 시간이 없어 빨리 쓰기 위해 이렇게 쓸 뿐이야.'라고 말이다.

예쁜 종이에 편지를 쓰려고 펜을 잡고 무던히 노력한 후에야 깨달았다.

'아, 지금의 글씨체가 내 글씨체가 되었구나. 여유 없이 급하게 달려온 세월이 나의 글씨체마저도 바꿔버렸구나.'

글씨를 쓸 때마다 여유라는 것은 찾아볼 수가 없다. 빨리 끝내버려야 하는 숙제처럼. 돌아보면 나는 인생을 빨리 끝내버려야 하는 숙제처럼 살아온 것은 아닐까. 좋아하는 보물 공책을 만든 일과 하고 싶은 일을 하면서도 즐기지 못하고, 불안해하며 쫓기듯 해온 것은 아니었을까.

마음의 여유를 가지고 차분하게 나의 글씨들을 들여다본다. 주인 따라 매일같이 달려야만 했던 글씨들에게, 언제까지고 정해지지 않은 끝없는 길을 달려야만 했을 글씨들에게 읊조리듯 작게 말했다.

몰라줘서 미안하다고, 그동안 고생 많았다고, 이제 그만 걸어가자고, 힘들면 짐 풀고 나무 그늘에서 쉬어가자고 말이다.

가난하다는 망상

어릴 적에 자리 잡았던 '우리 집은 가난해'란 생각 때문인지 나는 항상 돈을 벌어야 한다고 생각했다. 돈에 관련된 일이라면 힘들어도 괜찮았다. 힘든 것이 당연하고, 무조건 괜찮아야 된다고 생각했다. 그런 생각들은 일하지 않는 나를 불안하게 만들었다. 돈이 없으면 나도 없다고 생각했다. 돈을 못 벌면 쓸모없는 사람이라고 무의식중에 생각했던 것 같다.

학교 졸업 이후 아이를 낳기 일주일 전까지 쉼 없이 일했다. 갓난아이를 재우며 당시 회사 육아휴직인 상황에도 불구하고, 나는 복직하기 전까지 아르바이트를 해볼까 생각했다.

아이는 자신을 두고 엄마가 다른 생각하는 걸 알았는지 자신에게 집중해달라는 듯 소리 높여 울어댔다. 그러며 생각했다. 난 왜 이렇게 돈에 집착하는지에 대해서 말이다. 다시 어릴 적 가난으로 돌아가고 싶지 않아서였을까. 하지만 나는 알고 있었다. 그때의 집이 결코, 가난하지만은 않았다는 사실을.

부모님의 일이 풀리지 않아 빚이 있었지만, 길거리에 나앉진 않았다는 사실을 말이다. 시간이 흘러 많은 이들의 이야기를 듣고 책으로 간접경험을 해오며, 나는 비교적 참 좋은 환경에서 자랐다는 것을 알게 되었다. 하지만 내가 어린 시절 받은 충격은 머릿속에 각인되어 쉽게 지워지지 않았다.

난 늘 혼자 생각하고 판단했다. 결국, 돈에 집착하는 이유는 내가 만들어낸 가난하다는 망상 때문이다.

돈에 집착하지 않는 사람이 있을까? 란 생각도 안 해본 건 아니다. 하지만 갓난아이를 보며 집에 있는 동안 높아지는 불안감과 반비례하게 한없이 낮아지는 내 자존감을 보며 문제가 있다고 판단했다.

돈에 집착하면 뭐 어떤가? 그럴수록 돈도 모으고 좋은 거라며 합리화해보기도 했다. 하지만 결국 그런 나는 '돈의 노예'일 뿐이다. 더 이상 돈의 노예로 살고 싶지 않았다. 부모님과 환경 탓을 하고 싶지 않았다. 마음속 시끄러움을 잠재우고 싶었다.

돈에 대한 집착을 놓는다면 편안해질까. 많은 생각이 오갔다. 지금 당장 먹고사는 것에 지장이 없는데도 불구하고 왜 돈에 집착하는지에 대해 말이다. 오랜 기간 생각한 끝에, 미래에 대해 아직도 준비되지 않았다는 생각이 마음 한쪽에 자리 잡고 있기 때문이라고 결론 내렸다. 미래, 노후에 대한 걱정이 계속해서 무언가를 준비하게 만들었다.

걱정은 끝을 모른다. 과거로부터 온 가난하다는 망상이 나를 관통해 정해지지 않은 미래에 대한 걱정과 하나로 이어진다. 그로 인해 난 항상 불안하고 초조하며 많은 것을 놓치거나 혹은 누리지 못한 채 살고 있었다.

가난하지 않았어도 자신이 가난하다고 생각하면 곧 가난한 사람이다. 가난한 사람은 가난한 생각을 하게 된다. 못나지 않았어도 자신이 못났다고 생각하면 곧 못난 생각을 하게 된다. 반대로 건강한 생각은 건강한 사람을 만든다.

어릴 적 내가 가난하다고 생각하며 커왔기 때문에 돈에 집착하며 살아왔다. 돈에 집착하며 살아온 세월이 싫거나 후회스럽기보다는, 어떠한 생각 하나가 한 사람의 인생에 큰 파동을 만들어 낼 수 있다는 것이 놀랍다. 힘들었지만 가난하다는 망상은 내 인생의 밑거름이 되어준 것만은 분명하다.

내가 하는 생각 하나하나가 앞으로 살아가면서 내 인생에 어떠한 파동을 일으켜 나에게 다시 돌아올지 상상하니, 작은 생각에도 신중해진다.

나도 모르는 나

화장실 당번인 나는 화장실 휴지통에 있는 쓰레기를 한곳에 모아야 했다. 그때 지나가던 선생님이 하신 말씀이다.

"뭐 하고 서 있어. 어서 치워!"

다른 친구들이 집게를 다 쓰고 있었다. 남은 집게가 없었다. 집게 없다고 말할까 생각했지만, 금방 '아냐, 아냐'라고 혼자 생각한다. 생각이 끝나자 집게 없이 맨손으로 더러운 휴지를 옮기려는 순간, 선생님이 한 차례 더 말씀하셨다.

"어! 어? 그걸 왜 손으로 해?"

부끄러운 일이나 힘든 일을 겪고 나서 '난 왜 그럴까. 도대체 왜 이렇게 생겨 먹은 걸까.' 되물었지만, 나는 '말을 잘 못 하고, 주장을 표현하지 못하는 소심한 아이'라고 단정지어 생각했다.

많은 아르바이트를 할 때도 마찬가지였다. 힘들다는 생각이 들어도 용돈이 필요하다고 부모님께 말 한마디 하지 못했다. 바보 같은 나라서 이렇게밖에 못 산다고 자신을 항상 바닥까지 끌어내렸다. 그때는 내가 잘못된 생각을 하고 있음을 미처 알지 못했다.

만약 선생님께 휴지 치울 집게가 없다고, 친구들이 집게를 다

쓰고 나면 청소하겠다고 말했으면 충분히 그러라고 말했을 선생님이시다. 부모님께 또한 차비가 없으니 용돈을 달라고 했으면 빚을 내서라도 주셨을 부모님이시다.

오랜 후에야 나와 남을 착각하며 살아왔다는 것을 알게 되었다. 그동안 나의 과거를 외면해왔다. 생각하면 괴롭고 두려운 생각들로 가득했기 때문이다. 그렇다고 알고 있으면서 피할 수만은 없었다.

'나는 주장이 없고 말을 못 하는 성격인가?'

'나는 왜 주장이 없고 말을 못 하는 성격이라고 생각할까?'

질문에 꼬리에 꼬리를 물었다. 가난은 곧 돈이 없다는 것이며, 짐이 되기 싫었던 나는 돈이 없다고 생각했던 부모님께 용돈 달라는 말을 하지 못했다. 아니 처음에는 하지 않았다. 혼자 해결해 나가다 학교 급식비를 못 낸 달에는 점심시간에 홀로 화장실에 숨어 있었다. 교실에 남아 있으면 점심 안 먹은 것을 친구들에게 들키는 것 같아 싫었기 때문이다.

힘든 순간에도 부모님께 기대지 않았던 나는, 시간이 흐르며 내 용돈은 내가 벌어서 쓰는 것이 당연한 것이 되었다. 말하지 않는 나는, 결국 말하지 못하는 나를 만들었다. 돈이 떨어지면 다시 아르바이트를 찾았다. 그때의 머릿속에는 말을 못하는 성격이니 힘들게 아르바이트를 한다고 과거를 왜곡시켜 기억해 버린 것 같다.

힘든 생활과 자존심이 상하는 일을 만든 것이 내가 선택한 일이라 스스로 믿을 수 없었나보다. 그렇게 왜곡된 생각을 하며 스스로 버텨나갔고 그런 이유로 나의 성격을 스스로 단정지은 것이다. '주장이 없고 말을 못 하는 성격'으로.

내가 알고 있던 성격이 잘못된 생각으로 인한 오류일 수 있다는 사실이 충격적이다. 아니 꽤 충격적이다. 내가 알고 있는 내가 전부가 아니라는 사실이 혼란스럽다.

하지만 괜찮다. 많은 시간이, 순간이, 그리고 청춘이 아쉽지만 괜찮다. 비록 내가 나를 잘 알지 못했을지라도 나는 여전히 나다. 오류 또한 나의 모습이다. 그러니 괜찮다. 과거는 바뀌지 않지만 미래는 바꿀 수 있으니까.

앞으로 마음껏 말하며 주장을 펼치며 살아가면 된다. 그러니 괜찮다.

무엇보다 앞으로 나는 스스로 규정짓지 않는 삶을 살아갈 수 있게 되었다.

봉인

영화로 먼저 접했던 해리포터 시리즈 중 제일 기억에 남는 장면 하나가 있다. 중요한 기억 혹은 무서운 기억을 봉인이라도 하듯 머릿속 기억을 마법 봉으로 빼내어 따로 보관하는 장면이다.

기억은 곧 가느다란 실이 되어 머릿속에서 말끔히 빼내어졌다. 십 년도 훌쩍 넘은 그 영화의 장면은 작가가 누구일지 궁금하게 만들었다.

가끔 혹은 자주 생각한다. 기억을 뺄 수 있는 날이 나에게도 온다면 어떨까 하는 상상 말이다. 분명 그런 날이 온다면 나는 많은 기억을 빼내어 봉인할 것이다. 그리고 좋은 기억들과 행복했던 날들만 남겨둘 것이다.

상상만으로도 입꼬리가 올라간다. 그도 잠시. 기억을 뺀 나라면 지금의 나일까 생각해본다. 지우고 싶은 실수 혹은 실패, 부끄러운 과거와 수치스러운 모든 기억, 슬프고 고통스러웠던 기억들까지도, 되돌리고 싶은 모든 순간들을 머릿속에서 지운다면 도대체 무엇이 남을까 생각하게 되었다.

이 모든 것이 나를 만들었고, 그것들이 쌓여 지금의 내가 된 것임은 분명하다. 그것들 또한 나의 일부이다. 기억을 빼낸다는 건 그 날, 그때의 힘들었던 모든 감정까지도 기억하지 못한다는 것일테다. 기억과 함께 감정까지도 기억하지 못한다니 괜스레 슬퍼진다.

아무도 모른다 하더라도 나 자신은 그 힘들었던 나를 알아봐주어야 하지 않을까. 기억은 사라져도 그 일을 겪은 나는 사라지지 않을 테니 말이다. 기억과 달리 나의 몸은, 나의 세포들은 그 일들을 기억하고 있을테니 말이다.

어릴 때 심한 충격을 받은 아이들이 정신적인 고통을 이기지 못하고, 살기 위해 기억을 자체적으로 지웠지만, 몸은 그것에 반응한다는 이야기가 있지 않은가. 나 자신을 알아봐주지 못하는 것만큼 슬픈 일이 또 있을까.

그런 생각을 하니 기억을 뺄 수 있는 날이 온다 하더라도, 기억을 빼내지 않는 것을 선택해야겠다. 모든 경험의 기억들이 앞으로 살아가는 나날들에 지혜를 더해줄 거라 믿으며 말이다.

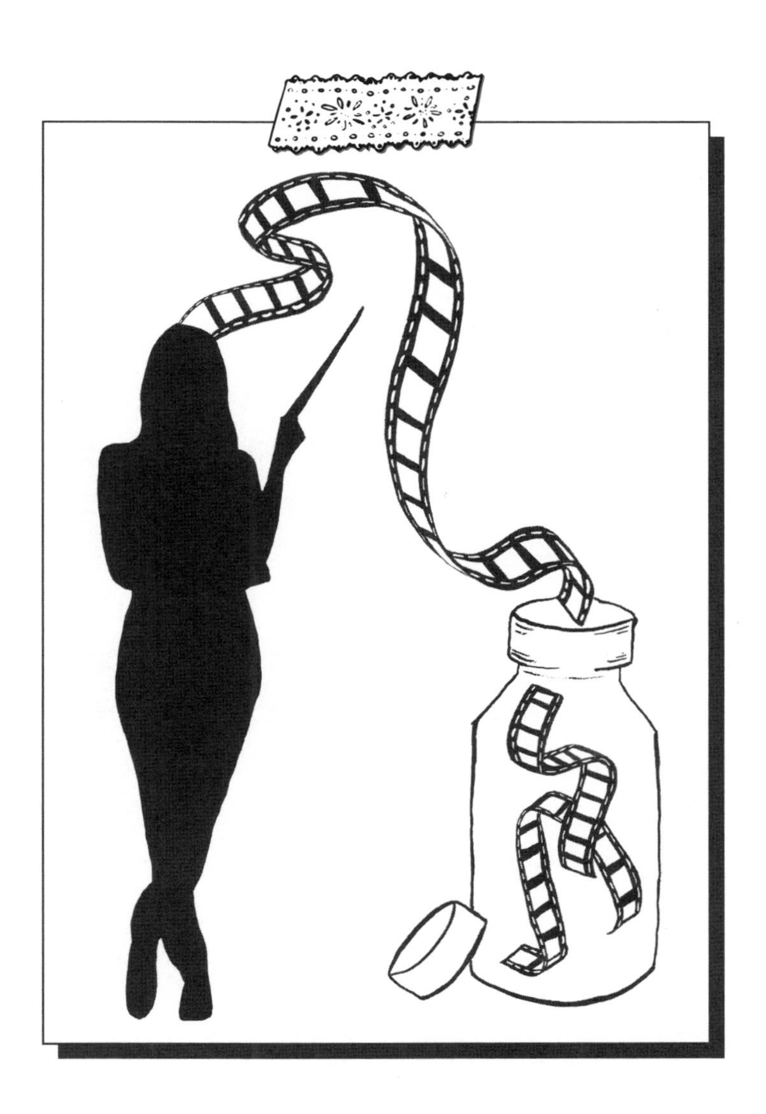

내 힘으로 밝히는 빛

불안한 회사는 말도 없이 직원들의 월급을 주지 않았다. 나에게는 첫 회사였고, 극도의 불안감을 느끼게 했다. 어느 순간 나도 모르게 이직을 준비하고 있었다.

많은 곳에 이력서를 제출했고, 몇 번의 면접을 보았다. 누구라도 이름을 대면 알 만한 회사에서 최종 면접 소식이 전해졌다. 옮기고 싶다는 마음이 강했던 나는 온갖 예상 질문들을 모조리 찾아 연습했다.

면접 보는 당일 아침부터 초긴장 상태로 제정신이 아니었다. 전날 잠까지 제대로 이루지 못해 몽롱한 느낌까지 더했다. 그래도 마음만은 잘 해내리라 생각했다. 최선을 다해 준비했다고 생각해서였는지 긴장했던 것과는 다르게 알 수 없는 자신감이 샘솟았다.

면접을 보는 사람은 네 명이 전부였다. 생각보다 면접자가 적다는 생각을 하던 중 면접실로 통하는 문이 열렸다. 네 명이 한번에 보는 면접이었다. 면접관과 면접자의 거리가 생각보다 멀지 않았다. 착석과 동시에 네 명의 면접관 중, 한 면접관이 말했다.

"왼쪽부터 일 분 자기소개 먼저 해보세요."

맨 처음이 아님에 안도하며 고장난 심장으로도 스스로 만족스러운 면접을 보았다고 생각했다. 면접이 끝나갈 무렵이 되어서야 서서히 정신이 돌아왔으며 정신이 들고서야 무언가 이상한 기운을 느꼈다.

유독 한 사람에게만 가족과 아버지에 대한 질문이 집중되었던 것이다. 이상했지만 이상한 채로 면접은 끝났다. 마지막의 찝찝함을 떨쳐내고 싶었지만 떨쳐내지 못했다.

아닐 거라 내가 잘못 느낀 것이길 바랐지만, 며칠 후 나온 면접 결과는 이상한 직감과 정확히 일치했다. 어쩌면 너무 당연한 결과였을까?

알고 보니 면접이 아닌 대화를 하고 있다고 느꼈던 면접자의 아버지가 그 회사의 직원이었다. 그날의 면접은 보이기 위함이었으며, 짜놓은 각본대로 면접은 진행되었던 것이다. 나를 포함해 함께 면접을 본 나머지 세 명은 들러리였다는 사실에, 세상 물정 모르던 순수한 시절의 나는 충격에 휩싸였다. 인생이 허무하게 느껴졌다. 드라마에서나 보았던 일을 직접 겪는 순간이었다.

어린 시절 친구를 놀렸다가 그의 형이나 누나, 오빠한테 힘껏 얻어맞는 기분이 이런 걸까. 놀리지도 않았는데 옆에 있다가 같이 얻어맞는 기분이 이런 걸까. 억울했다.

노력하면 인정받을 수 있다고 믿었던 사회 초년 시기에 소위 '빽' 있는 사람들은 출발선이 다를 수 있다는 것을 확인했던 순간이다.

시간이 흐르고 '빽'이란 단어가 삶에서 흐려질 때쯤 나는 한참 책과 연애하며 지냈다. 그때 만난 '새벽 다섯 시'를 강조하던 청울림 작가님의 《나는 오늘도 경제적 자유를 꿈꾼다》에서 나는 희망을 읽었다. 다음 날부터 새벽 다섯 시에 일어나기 시작했다. 마음만큼 매일 잘 일어나지는 못했지만, 계속했다.

처음에는 갑자기 일찍 일어나니 아이와 놀아주며 졸기도 하고, 무언가에 집중하기는커녕 하루종일 멍한 기분이었다. 계속 이렇다면 일찍 일어나는 의미가 없을 거라 생각했다. 하지만 조금씩 몸이 적응하기 시작했다.

아무도 깨어 있지 않은 그 시간에 책을 읽거나, 내가 좋아하는 무언가를 하는 것이 좋았다. 온전히 나만의 시간을 가질 수 있었다. 그전에는 아이를 재우고 일어나서 무언가를 하려 했다. 그러다 보니 아이가 빨리 잠들지 않으면 짜증이 나기도 하고, 아이에게 호통을 치기도 했다. 더 놀고 싶어 하는 아이를 재우려 실랑이를 벌이다 기분이 상하는 상황이 반복되며 아이를 재우는 시간은 나에게 큰 스트레스였다.

그랬던 나에게 일찍 자고 새벽에 일어나 나만의 시간을 갖는 일은, 힘들지만 꿀 같은 방법처럼 느껴졌다. 물론 새벽에 함께 잠든 엄마가 옆에 없자 깜짝 놀라 방문을 열고 달려 나온 적도 많지만, 그것 역시 아이도 곧 적응했다.

하루를 열심히 살지만 늘 시간이 부족하다고 생각했다. 하는 일 없이 늘 바빴다. 마음 한구석은 가뭄 일듯 채워지지 않은 무언가가 있었지만, 그것이 무엇인지 알지 못했다. 그런데 새벽 다섯 시에 일어나면서부터 그런 마음들이 점점 사라지기 시작했다.

마치 나의 조력자가 생긴 것 같이 새벽 시간이 소중하게 다가왔다. 늘 노력을 요하는 새벽 기상이지만, 노력할 가치가 있다. 새벽 시간은 내 스스로 만들어낸 나만의 '빽'이다.

그때 아버지 힘으로 입사했던 그 친구는 잘 지내고 있을까. 그 친구의 출발 빛은 자신의 것이 아닌 아버지의 빛이었다. 아버지의 빛이 꺼지고 나면 그 친구는 어떻게 될까. 자신의 빛으로 다시 밝히지 않으면 이내 어두워질 것이다.

누구든 평생 다른 사람의 빛으로만 살아갈 수는 없다. 자신의 빛을 밝히기 위해서는 스스로와의 사투는 필수이다. 홀로 견뎌낸 사람만이 빛을 환히 밝힐 수 있다고 믿는다. 그리고 빛과 함께 길을 잃지 않을 것이다.

희미한 빛을 더 환히 밝히기 위해 오늘도 최선을 다해 나의 '빽'을 소환해 본다.

한 끗 차이

한 지역의 울타리 밖을 떠나 살아본 적이 없었지만, 남편의 이직은 나의 울타리를 한순간에 무너뜨렸다.

주말부부는 문제되지 않았지만, 주말아빠는 허락되지 않았다. 내 결혼 속 환상에는 아빠가 퇴근하고 돌아오면, 아이와 아내가 반갑게 맞아주며 맛있는 밥상 앞에 둘러앉아 다정하게 이야기하는 가족의 모습이 있었다. 그랬기 때문에 오래지 않아 아빠가 있는 지역으로 이사를 택했다.

이사를 가며 자연스럽게 친구들과는 자주 볼 수가 없었다. 아직 걸음마도 떼지 못한 아이를 키우고 있는 나에게는 다른 지역의 친구를 보는 일은 더욱 힘든 일이었다. 하지만 양가가 한 지역에 있어 명절에 시간을 내 오랜 친구를 만났다. 만나자마자 폭풍 수다를 떠는 친구들. 들떠 있는 나에게 얼마 지나지 않아 한 친구가 물었다.

"너 그 옷, 10년 전에도 입었던 거 알아?"

평소 아끼고 또 아끼며 살아왔다. 하지만 그런 모습을 다른 사람에게 들키고 싶지는 않았다. 부끄러워 죽고 싶은 심정이었지만, 아무렇지 않은 척 화제를 돌렸다. 화제는 돌렸지만 친구의 말 한마디에 하늘이 무너져 내렸다. 그 말을 들은 순간부터 친구들의 대화는 허공에 떠다닐 뿐, 어떤 대화를 했는지 기억나지 않는다.

지금 생각해보면 친구는 아마 별생각 없이 던진 말일 것이다. 말 그대로 10년 전에도 봤다는 것을, 자기는 기억난다는 것을 말하고 싶었을 것이다. 하지만 그 순간 나는 침착할 수 없었고, 당장 집으로 가서 오래된 옷들을 모조리 버려야겠다는 생각으로 머릿속이 가득 찼었다.

밥을 입으로 집어넣는 행위만 했을 뿐, 밥을 먹고 있지 않았다. 친구들의 눈을 쳐다보지만, 보고 있지 않았다. 친구들의 말에 끄덕이지만, 전혀 듣고 있지 않았다. 오랜만에 만난 친구들과의 만남은 악몽이 되었다.

여자들의 대화에 대해서는 누구나 알 것이다. 전화로 몇 시간을 이야기하고도 "우리 만나서 얘기하자."라고 통화를 마무리할 정도이니, 밥을 먹고 카페로 가는 것은 어쩌면 당연한 수순임을. 하지만 그날의 나는 카페에 가지 못했다.

친구들과 헤어지고 집으로 돌아가자마자 옷을 몽땅 버리려 했다. 분명 그랬다. 분명 그랬는데…. 결국, 옷을 버리지 못했다.

그런 나를 보며 화가 났다. 궁상맞게 사는 나에게 화났다. 아끼고 사느라 현재를 누리지 못하는 내가 싫었다. 수치스럽다는 감정을 느꼈음에도 불구하고 행동으로 옮기지 못하는 내가 미웠다. 친구들을 만날 때마다 예쁘게 꾸미고 온 모습을 볼 때마다 초라하게 느껴졌다. 해외로 놀러 다니는 주위를 보며 항상 자괴감에 빠졌다. 그런 감정을 느끼게 한 나에게 미안했다.

모든 궁상맞음에 대해 누구에게도 이야기할 수 없었다. 남편과 부모님에게는 더더욱 얘기할 수 없었다. 아파트 분리수거장을 지나는 길에 꽤 쓸 만한 물건이 버려져 있으면 집으로 가지고 왔다. 가지고 오는 길에 누구라도 마주칠까 정신이 없었다. 아끼는 것이 창피하다고 느끼는 나에게는 당당함이란 찾아볼 수 없었다.

어느 날 《아들 셋 엄마의 돈 되는 독서》라는 책을 읽고, 저자인 김유라 작가님의 강의를 듣게 되었다. 그녀의 스토리를 알게 된 나는 놀랄 수밖에 없었다.

절약생활을 하던 당시 온라인 카페에 절약하는 방법이나 식탁 반찬 사진, 오래된 살림 사진들을 올렸다는 것이다. 부끄러워 감추려고만 했던 나와는 달리 절약하는 모습들을 당당하게 내보였던 것이다. 그녀는 그 일을 계기로 당당하게 성공했다.

그녀 이야기를 듣고 그동안 내가 너무도 당당하지 못했음을 느끼게 되었다. 절약은 부끄러운 게 아니라는 것을 알게 되었다. 나를 수치스럽게 한 것은 친구가 아닌 나 자신이었다.

그 사실을 깨닫고 절약에 대한 나의 생각을 바꿔야 한다고 마음먹었다. 부끄러운 감정이 일 때마다 생각했다. 무조건 아끼는 것이 아니라 아무렇게나 소비하지 않는 것이라고. 나는 더 가치 있는 곳에 쓸 줄 아는 사람이 되기 위해 아끼는 것이라고.

생각을 바꾸니 지금까지 모든 궁상맞던 나의 행동들이 부끄럽지 않게 느껴졌다. 부끄럽기는커녕 기특하게 느껴지기까지 했다. 지금까지의 부끄럽던 울타리가 화려한 무대로 바뀐 기분이었다.

절약은 궁상맞은 것이 아니며 창피한 것이 아니다. 절약은 무엇이 더 가치 있는 것인지 아는 것이다. 오늘 나는 생각의 변화가 얼마나 중요한지, 작은 생각 하나가 얼마나 큰 힘을 가지고 있는지 알게 되었다.

워킹맘 vs 전업맘

내가 다녔던 회사는 집에서 다른 지역에 있었다. 한참 차를 타고 달려야 했다. 때문에 출근 전에 승호를 맡겨야 했고, 항상 1등으로 어린이집에 도착할 수밖에 없었다. 돌이 갓 지난 아이의 우는 모습을 두고 돌아설 때면 미안하고 또 미안해서 눈물이 앞을 가렸다.

회사에서 일하면서도 아이가 잘 놀고 있는지 걱정이 되어 일에 집중할 수가 없었다. 어린이집 선생님 문자를 기다리느라 핸드폰에서 눈을 떼지 못했다.

아이 울음이 더 서럽게 느껴진 날이면 선생님 문자를 기다리지 못하고 먼저 혹은 시간마다 연락하는 진상 엄마였다. 잘 놀고 있으니 걱정하지 말라는 답변과 놀고 있는 사진을 받고서도 퇴근 시간까지 아이가 아른거렸다. 아이가 아프기라도 한 날이면 죄인이 따로 없었다. 먹고 살자고 일을 다니지만 이게 먹고 살려는 짓인지 매일같이 의문이 들었다.

전업주부가 되어서는 아침에 생이별을 하는 아픔은 사라졌다. 대신 아이가 좋아하는 장난감 마음껏 사주지 못하는 것이 마음 아프다. '요즘 애들 장난감이 너무 비싸'라고 보낸 언니의 문자에 '처음부터 안 사주면 애들도 몰라서 사달라고 안 해요'라고 답장을 보냈는데, 다시 문자를 곱씹자 순간 마음이 요동쳤다.

난 교육 차원에서 장난감을 안 사주는 걸까. 아니면 돈을 아끼려 장난감을 안 사주는 걸까. 교육을 방패삼아 돈을 아끼려던 것은 아닐까. 그 이유가 무엇이든 슬픈 마음은 숨길 수가 없었다.

일하지 않고 집에 있으면 시간이 많이 남을 줄 알았다. 티도 안 나는 끝없는 살림과 육아는 나를 한숨 짓게 했다. 시간이 지나갈수록 남편은 더욱 얄미운 존재가 되어갔다. 워킹맘 시기에는 주말부부였기 때문에 곁에 없어 도울 수 없었다지만, 내가 집에 있게 된 이후에는 주부이기 때문인지 살림에 손대지 않았다.

잊을 만하면 워킹맘 시절이 새록새록 그리워졌다. 아무래도 내가 주부의 길을 택했기 때문이겠지. 가지 않은 길에 대한 미련이겠지. 알면서도 당당하게 돈 벌어 눈치 보지 않아도 되는 시절이 자꾸만 떠오른다.

누구든 꼭 눈치를 주지 않아도 스스로 눈치가 보였다. 나 먼저도 주부의 직업이 당당하지 못하다고 생각해서일까. 한참 생산적인 일과 비생산적인 일에 대해 생각하던 나는 자연스럽게 주부에 일이 비생산적인 일이라 생각했던 것 같다. 그러다 보니 알아주지도 인정해주지도 않는 집을 바라보며 당장 뛰쳐나가 돈을 벌까 생각했다.

한참 구직활동도 하며 이력서를 내보고 면접을 보러오라는 연락을 받았다. 정작 면접을 보러 가야 하는 날에는 아이 우는 모습이 눈에 밟혔다. 아이의 우는 모습과 동시에 처음 들어간 회사의 낯선 환경에 적응할 생각과 과거 사수에게 혼나 화장실에 숨어 울었던 모든 일들이 스쳐 지나간다. 이런저런 생각에 결국 고개를 내젓는다. 그리고 조용히 책을 편다.

아이가 돌아오기 전 조용하게 커피 한잔을 마시며 책을 볼 때면 세상 부러울 것이 없다는 생각과 함께 내가 원하는 길은 무얼까 생각한다. 워킹맘일 때는 전업주부가 부러웠고, 전업주부일 때는 워킹맘이 멋져 보인다. 하지만 결국, 지금 자신이 가는 길이 자신이 택한 최선의 선택이라 생각한다.

만약 워킹맘이 회사에서 아이 생각에 하루 종일 눈물을 흘리다 회사를 그만둬야겠다고 생각한다면 그것이 자신의 선택이다. 반대로 그럼에도 애들은 다 아프면서 크는 거라 생각하며 회사에 계속 다닌다면 그것 역시 자신의 선택이다.

전업주부도 마찬가지 아닐까. 자신이 답답해서 견딜 수 없다면 혹은 돈을 벌어야겠다고 생각한다면, 어떤 방법을 동원해서든 나가 일하리라 생각한다. 만약 밖으로 나서지 않고 집에 있다면, 그것이 진정으로 자신이 원하는 방향이 아니든 다른 이유의 핑계든 자신이 결정한 결과라 생각한다.

그렇기에 나는 지금 내가 위치한 곳에 대한 불평불만을 하지 않기로 했다. 가지 않은 길에 대한 미련을 버리기로 했다. 될 수 있으면 지금을 즐기기로 했다. 책 읽을 때가 행복하다고 느끼니 최대한 그 시간을 온전히 집중하기로 했다.

나의 선택에 집중하니 하루가 즐겁게 느껴졌다. 최선을 다해 하루를 사는 기분이 들었다. 애써 즐기려 하지 않아도 기분이 좋고, 즐거울 수 있음에 행복하다.

최대한 빠른 시간 안에 집안일을 끝내고 커피 한잔에 책 보는 시간을 가진다. 그 시간을 가질 수 있음에 감사하다. 더 나아가 남편에게 감사함을 느낀다.

이것만은 확실하다. 워킹맘의 삶이든 전업주부의 삶이든 백 프로 만족하는 삶은 없다는 것. 내가 바라는 완벽한 삶이란 존재하지 않는다는 것. 워킹맘과 전업주부의 길뿐 아니라, 앞으로 내가 걸어갈 무한한 갈림길 또한 마찬가지라 생각한다.

어떤 선택이든 괜찮다. 어떤 길을 택하든 안 가본 길에 대한 미련과 후회가 남지만, 그것은 그것대로 남겨둔 채로, 내가 택한 길에 최선을 다해 걸어가면 되는 것. 무엇보다 내가 택한 이 길이 옳다고 믿는 것이 중요하다.

아침밥의 정체

새벽 일찍 나가시는 아빠를 위해 엄마는 항상 일찍 일어나 아침밥을 차려주시고 다시 잠들곤 하셨다. 일 다니시는 엄마도 힘들만한데 꼭 아빠의 아침을 책임지셨다. 왜 남자의 밥은 여자가 책임져야 하는 건지 늘 의문이었다.

맛이 있든 없든 아침을 거르면 하루가 힘이 든다는 엄마의 말씀. 결혼하는 나에게도 아침은 꼭 거르지 말라며, 남편 아침 꼭 챙겨주고 꼭 챙겨 먹으라고 말하던 엄마. 그 영향 때문인지 아침을 먹지 않으면 허전하고, 뭔가 잘못한 기분에 사로잡힌다.

아침밥을 먹는 것은 어쩌면 당연하지만, 당연하지 않은 시대가 되어버린 요즘이다. 한창 회사생활 할 때도 아침을 먹고 다닌다는 말을 하면 놀란 눈길로 쳐다볼 때도 있었다.

결혼 후, 선물 같은 아이를 낳고 육아휴직을 하게 된 나는 자연스럽게 주부가 되었다. 갓 태어난 아이를 달래며 밤새 잠 한숨 못 잔 날이 많았지만, 그런 날에도 남편 출근 전에 억척같이 일어나 밥상을 차렸다. 남편의 밥상을 차리지 않으면 죄인이라도 되는 것처럼. 밥을 못 먹여 보낸 날에는 죄책감에 시달리며, 괜스레 엄마까지 원망하는 나를 발견했다.

한편으로는 내가 만들어낸 착한 이미지 때문일 거라 생각했다. 내가 못 일어난 날에는 혼자 차려 먹고 가도 될 텐데 남편과의 대화가 부족해 일어난 일이라 생각도 해보았다. 정확한 이유는 모른 채 나 자신 때문에 피곤하다고 생각했다.

지금 생각해보면 나의 아침밥에 대한 정도가 심한 집착으로 변해 있었다. 무언가에 신경 쓰는 정도가 심해지면 집착이 된다. 이슈 되는 뉴스 중, 누군가와 연애 후 이별하고 그 사람에게 집착한 나머지 나쁜 마음에 휩싸여 범죄를 일으키는 사건을 종종 듣게 된다. 이와 같이 그동안 집착은 사람한테만 적용되는 줄 알았다.

하지만 조금만 생각해보면 집착 대상은 사람이 아닌 물건이 되기도 한다. 애착인형이 그런 경우일 것이다. 아이가 애착인형에 너무 집착하여, 인형이 없으면 심한 불안감에 휩싸인다며 초등학교 졸업 이후까지 애먹는 엄마들을 종종 만난 적이 있다.

그런데 나 같은 경우에는 물건이 아닌 특정한 일. 아침밥에 집착을 보인 것이다. 적당한 집착은 심신 안정에 도움을 주지만, 심한 집착은 자신을 앗아갈 수 있다고 느꼈다. 나에게 더 큰 문제는 아침밥의 집착이 나뿐 아니라 남편에게도 포함되었던 것이다. 그렇기 때문에 아침밥을 거르고 남편이 출근한 날에는 내내 마음이 불안했던 것이다. 집착 때문에 나 자신을 괴롭혀온 것을 모르고, 죄 없는 엄마와 남편 탓을 했다.

집착에서 벗어나기 위해서는 어떻게 하면 좋을까. 그것이 집착인지 인지하고 방법을 찾는 자체가 이미 벗어나고 있다는 것이 아닐까. 노력하고 있으니 다 잘 될 것이다. 불안할 때 항상 외는 주문이 있다.

'모든 것이 점점 좋은 방향으로 가고 있어'

관계 앞에 서서

한동안 그리웠다가. 금세 화도 났다가. 이해하려 노력했다가. 생각하지 않으려 애도 썼다가. 우리의 관계는 어디서부터 어떻게 어긋난 걸까.

수십 년의 세월이 하루아침에 무너져 내렸다, 함께해 온 소중한 친구와의 시간을 송두리째 빼앗긴 생각에, 오래도록 허망한 기분에 사로잡혀 지냈다. 충격과 추억의 잔해들이 흐릿하게 기억 속에 남아 여전히 나를 괴롭힌다. 관계란 무엇일까. 언젠가부터 조금씩 관계를 피하게 된다. 깊어지는 관계에서 두려움을 느낀다.

기쁠 때나 힘들 때 늘 함께한 사이지만 무언가 엇나가면 돌이키기가 쉽지 않다. 피를 나눈 가족 또한 그러한데 아무렴 허물없이 가까운 사이라고 다를 수 있을까.

모든 것을 이해해주고 모든 것을 함께할 것만 같던 오래된 사이도 자신과 다르게 생각하거나 다 나와 같은 마음은 아닐 수 있지만, 지금보다 더 철이 없던 그 시절에는 그 관계가 영원할 줄 알았고, 다 나와 같은 마음일 거라 생각했다.

배신감, 화, 서운함, 미안함, 관계에서 일어나는 오해, 분명 그럴

의도는 아니었다는 모든 일에는 감정이 상할 만한 이유가 있다. 어떤 관계에서건 감정이 상하는 일이 빈번하게 일어난다는 것은 그 관계를 돌아봐야 한다는 신호일지도 모른다.

관계에 있어 감정은 중요한 역할을 한다고 생각한다. 이제는 누군가와의 관계에서 나의 감정이 상처받는다거나 상하는 일이 계속된다면, 그와의 관계는 나와 맞지 않은 관계라 생각하게 되었다.

상처받거나 감정이 상하는 일은 먼 관계보다는 대부분 가깝고 친밀한 관계, 편안한 관계에서 더 자주 일어난다. 아무래도 서로 잘 안다고 생각하는 만큼 말이나 행동이 쉽게 나가기 때문이지 않을까. 그래도 되는 관계. 나를 잘 아니깐 이해해주겠거니 생각하는 마음에서부터 비롯되는 것 같다.

지키고 싶은 관계가 있다면 마음을 쓰고, 돌봐야 한다. 함께한 오랜 세월도 진심 없는 관계 앞에서는 속수무책이다. 자꾸만 감정의 선을 넘어오는 관계 앞에서는 깊어짐을 망설인다. 깊어지는 관계만큼 깊은 상처 또한 함께 따라올 수 있다는 것을 알았기에.

그래도 믿는다. 어떤 관계라도 진심은 통한다는 것을.

후회 섞인 장례식장

장례식장을 갔던, 그날을 잊지 못한다. 그 슬픈 얼굴을 잊지 못한다. 건들면 픽 하고 쓰러질 거 같은 그녀. 어떤 심정으로 슬픔을 억누르고 있을지 감히 상상되지 않는다. 아니 상상하고 싶지 않다.

그날은 그녀의 어머니가 돌아가신 날이다. 암이라는 사실을 안 지 채 1년도 되지 않아 그녀 곁을 떠나갔다. 뭐가 급하셔서 그리도 빨리 가신 걸까. 그 깊은 속을 어찌 알까. 나조차도 이리 그립고 그리운데, 그녀는 얼마나 그립고 보고 싶을까.

나는 그날 장례식장에 힘없이 앉아 있는 그녀를 위로하지 못했다. 어떻게 위로해야 되는지 알지 못했다. 위로에도 용기가 필요한 것인지 몰랐다. 내가 할 수 있는 것은 잠시나마 그녀의 아이들과 놀아주는 것뿐이었다.

지금 생각해보면 후회가 된다. 그냥 다가가 안아 줄 것을. 아무 말 없이 꼭 안아 줄 것을. 부모 자식을 떠나보내는 일은 어떤 위로도, 위로되지 않을 것이다. 그래서 더 가슴이 아프다. 세상에 병이 다 사라지면 얼마나 좋을까.

아픈 사람들을 보고 있자면 세상은 참 불공평하다 싶다. 열심히 성실하게 살아온 사람들이 더 아픈 거 같다는 생각이 들기 때문이다.

한평생 괭이질로 꼬부라진 허리, 흰머리가 피어오를 때쯤 꼬부라진 허리를 펴고 살 만하니 몸 어딘가가 말을 듣지 않는다. 자기 몸을 돌보지 못할 정도로 열심히 살아온 그들에게 가혹하다. 너무 가혹하다.

눈물 많은 나이지만, 이모의 장례식장에서는 울지 않았다. 영정사진을 보고 있자니, 이모가 너무 편안하게 미소를 머금고 있는 게 아닌가. 이모는 이제 좀 쉴 수 있겠다고 말하는 것만 같았다. 투병 내내 너무 힘들었다고. 사는 내내 힘들었다고. 이제 편히 쉴 수 있겠다고. 그러니 너무 마음 아파하지 말라는 목소리가 들리는 듯했다.

엄마와 나이 차이가 꽤 나는 이모는, 엄마의 어머니 같은 존재셨다. 항상 그 자리 그대로 따뜻함을 품고 계시는 든든한 존재였다. 엄마에게는 물론 나에게도.

이모의 이야기를 전해 듣게 된 것은 내가 머리가 한참 큰 이후였다. 항상 그렇듯 엄마와 콧노래를 부르며 이모에게 향했다. 엄마와 이모의 수다는 항상 해가 저무는지도 모르게 이어졌다. 헤어질 즈음 나는 무언가를 받아 적다 말고, 이모에게 직접 적어달라고 펜과 종이를 넘겼다. 넘김과 동시에 엄마가 펜을 낚아채며 자기가 적겠다고 가져가며 이모와는 작별인사를 했다. 며칠이 흐르고, 엄마는 나에게 조심스레 그날의 이야기를 가져왔다.

"이모가 글을 잘 못 읽어"

"…뭐라고?"

내 귀를 의심했다. 그러고 보니 이모는 나이가 지긋한 옛날 분이시다. 충분히 있을 수 있는 일이었다. 다만, 내 생각이 잘못됐었다. 글을 모르는 사람은 없을 거라 당연하게 생각했던 것이다.

이모에게 펜과 종이를 건넸던 내 손을 잘라 버리고 싶을 정도로 이모에게 죄송할 따름이었다. 생각에 잠겨 있는 나에게 엄마는 이모 이야기를 하나 더했다.

"이모가 글쎄 언젠가 글 써진 티셔츠를 입었는데, 그걸 보면서 무슨 뜻인지 알고 옷을 입었느냐고 묻더래. 내가 언니 말을 듣고 어찌나 속상하던지."

말끝에 눈물을 훔치는 엄마를 보며 나는 화가 일었다. 사람이 못 배운 것이 죄일까. 모르는 것도 속상한데 왜 그런 수모까지 당해야 하는 걸까. 서로의 비밀을 알고 있다면, 감싸줄 수는 없는 걸까. 지켜줄 수는 없는 걸까. 평생 살아오면서 글과 마주하지 않은 날이 얼마나 있었을지 이모를 생각하면 가슴이 아려온다.

'이모, 글 없는 천국에서 아프지 말고 행복해야 해'

미워할 수 없는 암

아이를 낳고 엄마라는 무거운 책임감에 힘들었지만, 잔잔한 행복도 따라왔다. 엄마를 바라보는 아이의 맑고 투명한 눈망울을 볼 때 세상 부러울 것이 하나 없었다. 내가 과연 이런 행복을 누릴 자격이 될까 싶었다.

승호가 말귀를 알아들을 때쯤 둘째를 계획했다. 둘째를 갖기 전 건강검진을 위해 병원을 찾았다. 검진과 함께 무료로 진행되는 자궁경부암 검사를 함께 받았다. 며칠이 흘러 주말이 되었고, 산책 생각에 들떠 있는 세 식구는 전화 한 통에 갑자기 혼란스러워졌다.

전화를 시작으로 한 달여 기간 동안 계속되는 검진과 네 번의 결과를 기다려야 했다. 건강 빼면 남는 게 없는 나였다. 처음 갔던 동네 의사도 걱정하지 않아도 된다고 재차 안정시켰지만, 한 주마다 들려오는 검사 결과는 나를 불안하게 만들었다.

결과를 듣는 것보다 그 결과를 듣기 위해 기다리는 시간이 지옥 같았다. 동네 병원에서는 정확한 진단을 위하여 큰 병원으로 가보라는 소견이 나왔다. 대학병원으로 옮겨가기도 전에 이미 나는 지쳐 있었다.

검사와 기다림의 반복은 대학병원에서도 이어졌다. 누군가에게 말하면 걱정을 두 배로 키운다는 생각에 홀로 입이 바짝바짝 말랐다. 와중에 둘째 생각에 마음은 미어졌다. 치료하느라 둘째를 가질 수 없을지도 모른다는 생각에 우울하고 또 우울했다.

매일매일 불안했다. 그리고 두려웠다. 동네 병원의 오진이길. 암이 아니길. 간절히 바라고 바랐다. 꽃다운 이십 대의 끝은 눈물에게 한없이 위로 받는 것이 최선이었다.

유난히 추운 겨울, 바람은 나에게 경고라도 하는 듯 날카로웠다. 하지만 암이 아닐 거라 굳게 믿은 나는 홀로 씩씩하게 병원에 들어섰다. 순번이 오기를 기다리자 곧이어 이름이 불렸다. 방에 들어선 순간 느낄 수 있었다. 의사 선생님은 나를 똑바로 쳐다보지 못하셨고, 무거운 공기 또한 나에게 결과를 전하는 듯했다.

'결과가 어떤데요?'라고 말하고 싶었지만, 입에서 맴돌 뿐이었다.

"암이 맞네요."

아닐 거라 너무 확신한 탓일까. 확신한 만큼 충격도 거셌다. 꿈일 수도 있겠다는 생각을 함과 동시에 의사가 이어 말했다.

"이미 자궁 속까지 침윤된 암의 정확한 병명은 수술 후에 알 수 있습니다."

세상이 흔들리는 듯했지만, 눈물은 나지 않았다. 결과를 듣기도 전에 이미 눈물에게 많은 위로를 받았기 때문일까. 한동안 멍하니 앉아 있었다. 아무런 생각도 나지 않았다. 얼마나 시간이 흘렀을까. 수납을 위해 표를 뽑고 기다리며 남편에게 전화를 걸었다.

"나 암이래."

입 밖으로 꺼내고 나니 실감나기 시작했다. 이어 온갖 부정적인 생각들이 엄습해 왔다. 내가 인생을 잘못 산 걸까, 무슨 죄를 지은 걸까, 이십 대에 암이라니 나는 버림받은 걸까, 역시 나는 행복을 느끼면 안 되는 걸까, 둘째를 갖는 건 사치인 걸까, 머리가 더 복잡해졌다.

별일 없을 거라 생각하며 출근했던 남편은 바로 달려왔다. 나는 시간이 지나자 조금씩 진정되었다. 그러나 그것도 잠시, 곧 다른 사람들의 암에 대한 후기를 찾아보며 또 다시 고통이 시작되었다.

정확한 병명을 모르는 나는 암에 대해 알아 가며 많은 생각을 하게 되었다. 세상에 하나 밖에 없는 예쁜 아이와 남편과 앞으로 함께할 수 없을지도 모른다는 생각. 그리고 미래가 그려지지 않는다는 것. 그 어떤 계획도 세울 수 없다는 것. 모든 것들이 두려웠다. 하루 한 시간이 너무 길게 느껴짐과는 달리, 크리스마스는 물론 해가 바뀌어 가는지조차 알지 못했다. 나의 빛은 꺼져가는 듯했다.

다른 이들은 새해 다짐과 함께 축제를 여는데, 나는 새해와 함께 지옥문이 열리는 듯했다. 나의 마음을 누구에게도 얘기하지 못했다. 항상 내 마음과 반대로 괜찮은 척, 밝은 척, 별거 아닌 척을 했다.

말하지 않아도 남편은 충분히 힘들었을 거다. 그래서 내가 괜찮은 모습을 보여야 이 상황이 좀 더 나아질 거라고 생각했다. 부모님께도 마찬가지였다. 늘 그래왔던 것처럼.

만약 그때 엉엉 울면서 남편에게 우리 이제 어떡하냐고 솔직히 내 마음을 표현했으면 어땠을까. 의지할 곳이 필요하다고, 어깨 좀 빌려달라고, 내가 지금껏 잘못 산 탓이냐고, 왜 나에게 이런 일이 일어난 거냐고, 내가 무슨 잘못을 한 거냐고, 열심히 산 게 잘못이냐고, 앞으로 나는 어떻게 되는 거냐고 얘기했으면 나는 좀 덜 힘들었을까? 달라진 게 있었을까? 달라지는 건 없더라도 마음은 조금 편안해졌을까? 혼자서 떠안으려는 나의 고집들이 이제는 버겁게 느껴진다.

기쁨을 나누면 두 배, 슬픔을 나누면 반으로 준다고 했던가. 나의 고집들이 병을 키운 건 아닐지 생각해보았다. 첫째 임신 전 출산 후에도 없던 암이 이 년 만에 1기 말이 되는 경우는 흔치 않다고 의사는 말했다.

이제는 나의 고집들을 천천히 내려놓으려 한다. 모든 것을 책임질 수도, 해결할 수도 없는 문제들에 대해서 조금씩 벗어나려 한다. 내 곁에 항상 가족이 있다는 것을 잊지 않으려 한다. 힘든 것들은 서로 나눠 반으로 줄여보려 한다. 고집스런 책임감보다는 서로 기대고 의지하며 나도 당신이 필요하다는 것을 느끼며 살아가보려 한다. 혼자가 아닌 함께 살아가보려 한다.

초기에 암이 발견될 수 있었던 것은 둘째가 준 선물이라 생각한다. 나에게 없는 둘째에게 그저 감사할 뿐이다.

암은 무엇보다 나에게 첫째를 당연히 여기지 않게 해주었고, 당연한 것은 없다는 것을 깨우쳐 주었다. 지금 순간에 살아 있음에 감사할 줄 알게 되었고, 도움 없이 홀로 숨 쉴 수 있음이 얼마나 큰 축복인지 알게 해주었다.

사랑스런 아이가 뛰노는 모습을 볼 수 있는 것도, 가족에게 사랑한다고 말할 수 있는 것도, 사랑하는 이의 목소리를 들을 수 있는 것 또한 감사한 일이란 것은 암이 일깨워준 삶이다.

살아 누리고 있는 모든 것이 소중하다는 것을 알게 해준 암을 미워할 수 없는 이유이다.

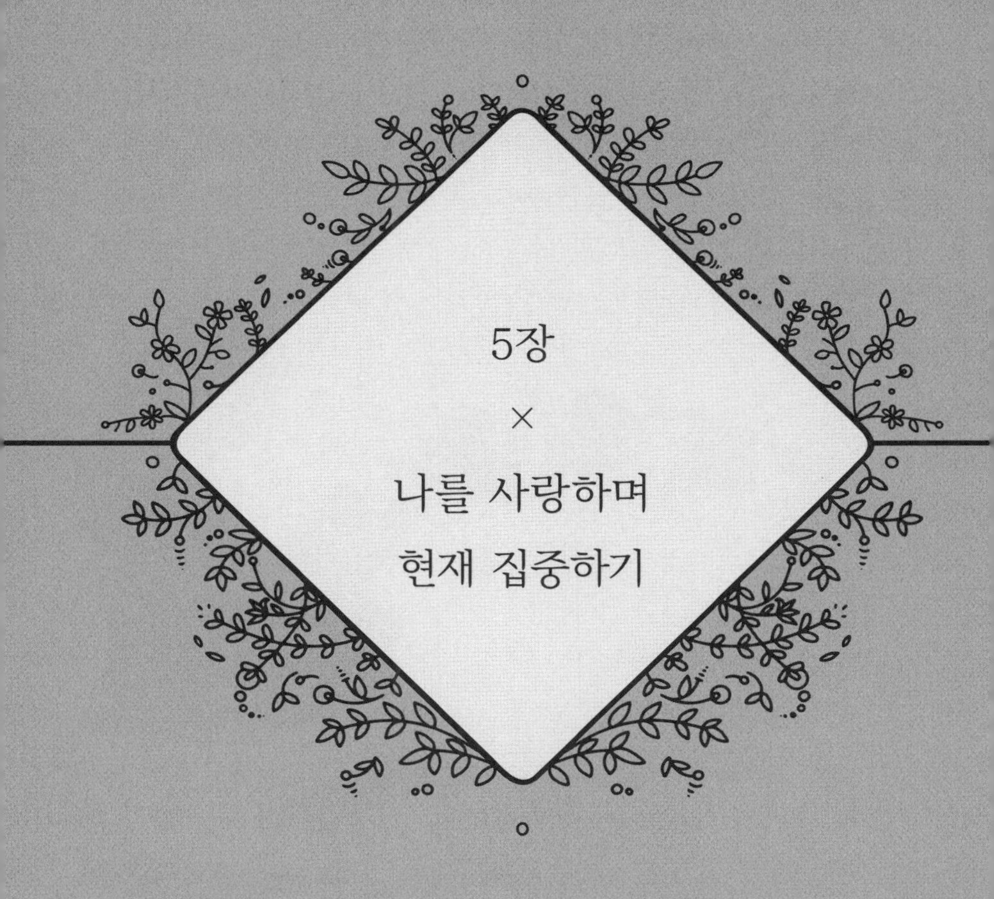

5장

×

나를 사랑하며 현재 집중하기

모든 것의 첫걸음

당신 안에 오래오래 머물러 있는 것은 무엇이지요? 한참을 생각하기보다 바로 머릿속의 떠오르는 것이 바로 그것입니다.

심리 책이 나에게 질문을 던졌다. 질문에 따라 머릿속에 곧바로 떠오른 그것과 마주했지만, 역시 똑바로 마주할 자신이 없었다.

항상 나를 괴롭혀 오던 또 다른 나. 그것은 '자격지심'이었다. 사전에는 스스로 부딪치는 마음, 즉 자기 자신이 자신을 괴롭힌다는 뜻으로 되어 있다. 풀어 말하자면 자신이 이룬 일의 결과에 대해 스스로 미흡하게 여기는 마음이다.

다른 뜻은 없었다. 그저 다른 사람에게 칭찬받고 싶었다. 대부분의 사람들이 그렇지 않을까. 어린 시절에는 부모나 선생님에게 칭찬받고 싶어 하고, 사회에 나와서는 상사나 자신보다 높은 위치에 있는 사람에게 인정받고 싶어 하는 건 어쩌면 당연한 사람의 본능이지 않을까 생각한다.

지금 생각해보면 칭찬받고, 인정받음으로써 나의 존재 가치를 확인하고 싶었던 것 같다. 인정받지 못할 때면 '조금만 더 조금만 더, 왜 이것밖에 못하는지, 왜 좀 더 잘하지 못하는지' 나를 질책하며 몰아갔다. 인정받고 싶었던 만큼 자책하는 강도와 시간도 늘어만 갔다.

무언가의 결과물을 만들 때는 물론이고, 언제나 착한 사람이어야 한다는 생각이 강했다. 어릴 적부터 '착한 아이'라는 칭찬을 항상 받고 자란 나는, '착하지 않은 나'는 견딜 수 없었다. 언제나 착한 딸, 착한 아내, 착한 며느리, 착한 친구, 착한 동료, 착한 사람이어야 했다.

나의 기준은 항상 내가 아닌 다른 사람에게 있었다. '나는 이런 사람'이라고 생각하지 못하고, 저 사람에게 '나는 어떤 사람'인지에 더 집중되어 있었다.

이 글을 쓰며, 나 자신이 착한 사람이 아니라 착한 사람 콤플렉스를 겪고 있다는 것을 알아가고 인정하는 이 순간조차, 버겁고 괴롭게 느껴진다. 나는 여전히 현재진행 중인 것이다.

착한 사람 콤플렉스를 가진 사람은 타인으로부터 착한 사람으로 보이기 위해 자신 내면의 욕구를 억제한다. 또는 자신의 욕구를 억제하는 말과 행동을 반복하는 심리적인 증상이다. 그동안 쉽게 흘려듣고, 웃고 넘겼던 '착한 사람 콤플렉스'가 나에게도 적용되며, 그것이 나를 보며 비웃는 것만 같아 소름이 돋는다.

얼마나 오래도록 나 자신을 억누르며, 또 억누르고 있는지도 모르며 살아온 걸까. 나를 찾겠다고 읽고 접했던 수많은 책과 강의가 무색할 정도로 헛웃음이 나왔다.

"괜찮아요?"라는 질문에 나의 대답은 늘 정해져 있었다. 그것이 정신적으로든 육체적으로든 늘 '괜찮다'였다. 괜찮다는 나의 대답에 상대방은 다른 무언가를 요구하거나 부탁했다. 착한 사람이어야 했던 나는 거절이라는 친구와도 친하지 않았다.

그 누구도 아닌 나 자신 때문에 피곤했다. 나를 살피지도 돌보지도 않았다. 그러면서 누군가가 알아주기를 바라고, 알아주지 않는다고 불평했다. 나를 인정하지 못했고, 부족한 점을 찾아내어 스스로 헐뜯고 비난했다.

켄 윌버 작가님의 《무경계》에서 모든 것은 하나로 연결되어 있다는 글을 보았다. '만약 다른 모든 사람이 내가 나를 비난한 것을 알고 있다면 어떨까.'라고 생각하니 내가 나에게 큰 잘못을 저지른 것 같아 미안한 감정이 앞섰다. 커다란 돌덩어리를 마음에 얹어 놓은 것만 같았다.

자격지심, 내가 한 일을 스스로 인정하지 못하는 것. 그리고 착한 사람 콤플렉스에서 헤어 나오지 못하는 것. 이것들은 모두 하나의 원인 때문에 일어난 것이라 결론지을 수 있었다.

'내가 나를 사랑하지 않는다는 것'

나에게 조금이라도 관심을 가지고 있었더라면 내면의 소리를 들을 수 있었을 것이다. 내면의 소리를 들었더라면 나의 노력을 무시하진 않았을 것이다. 나의 노력을 무시하지 않았더라면 상처를 곪아 터지게 하는 아픈 비난의 채찍은 휘두르지 않았을 것이다. 나를 조금이라도 사랑했더라면 오랜 시간 상처라는 슬픔을 방치하는 일은 없었을 것이다.

나라는 사람은 혹은 모든 사람은 아무것도 하지 않아도, 존재 자체만으로도 사랑받을 자격이 있다는 것을. 깨닫지 못했다.

모든 것은 하나로 연결되어 있다는 말을 바꿔 쓴다면, 내가 나를 소중히 여긴다면 모든 사람이 내가 소중하다는 걸 알게 된다는 말이지 않을까. 그렇다면 나를 소중하게 여기는 일은 무엇보다 중요한 일이지 않을까.

나를 사랑하는 일은 모든 것을 바꾸어 가는 것의 첫걸음이지 않을까.

여유, 여행

서점을 가면 내가 멈춰서는 곳은 늘 자기계발 쪽이다. 이렇게 하면 잘 살 수 있다는 글을 보면 곧잘 따라했다. 그중 하나는 미리 하루의 계획을 세우고, 세운 계획을 잘 소화해 내는 것이었다.

무엇이 나를 초조하게 만들었던 건지 밥 먹는 시간까지도 아깝게 느껴졌던 때가 있었다. 시간을 낭비하는 나를 용납할 수 없던 그 시절을 되돌아보면, 그때의 나는 불안함 그 자체였다.

반복되는 바쁜 일상 속에 무엇이 중요한 것인지 생각할 틈조차 내게 주지 못했다. 시간은 그저 자기 할 일을 할 뿐이다. 속절없이 지나가는 시간 속에 난 누구보다 열심히 살고 있었지만, 무엇을 위해 어디로 향하고 있는지 알지 못했다.

지금도 여전히 나의 종착지는 어딘지 알지 못한다. 하지만 이 글을 쓰고 있는 지금은 무엇이 중요한지 생각할 수 있는 시간적 여유는 갖을 수 있게 되었다.

약속보다 빨리 집에서 나온다면 무르익은 단풍을 보며 가을바람과 대화할 수 있다는 걸 알게 되었다. 따뜻한 차나 커피를 온전히 즐길 수 있다면 하루의 시작과 마무리가 다를 수 있다는 것을 알게 되었다.

내가 무엇이 힘든지 혹은 좋은지, 남편과 아이가 어디가 불편한지, 그들이 원하는 것은 무엇인지, 여유를 통해 알게 되니, 멀게만 느껴졌던 서로의 거리가 조금씩 가까워졌다.

하루를 계획하게 되면 그렇지 않고 시간을 보내는 것에 비해 좋은 성과를 안겨준다. 그만큼 나를 썼기 때문에 그런 결과가 나오게 되는 것이라 생각한다. 보상하는 의미에서 여유도 함께 계획해 보는 건 어떨까. 나에게 여유를 선물한다면 삶의 질과 함께 행복도 상승할 것이다.

밥 먹는 시간은 아까운 시간이 아니라 온전히 나를 위한 시간임을 알게 되었다. 종착지를 모른다고 초조함과 불안함에 떨며 창밖의 멋진 풍경을 보지 못하는 안타까운 행동은, 이제 그만하고 싶다.

잘 사는 것에만 항상 초점을 맞췄던 나였지만, 요즘은 어떻게 살아갈지를 생각하게 된다. 잘 살고 싶다는 생각을 할 때는 막연함과 초조함이 느껴졌지만, 어떻게 살아가고 싶은지를 생각하니 아주 작은 설렘이 느껴진다.

여유를 찾는 여행을 하다 보면, 종착지에는 항상 진심이 기다리고 있다. 어떤 바쁜 생활 속에서도 진심을 다하는, 여유. 여행을 매일 떠나고 싶다.

소중한 무엇

시험을 앞두고 잠에게 지고 싶지 않아 커피를 마셨던 기억이 난다. 그 덕분인지 이른 나이에 커피가 주는 묘한 기쁨을 알게 되었다. 무언가 좋아하게 되면 푹 빠져버리는 나의 장점이자 단점은 나를 항상 유혹하는 커피를 피해갈 수 없었다.

고등학교 졸업 전 책거리가 끝나고, 방과 후 배움의 기회가 풍부했던 시절이 있었다. 그때 배울 수 있었던 항목 중에는 커피 바리스타 자격증이 있었다. 여학교였기 때문에 인기가 좋았던 바리스타 과정은 신청한다고 모두가 배울 수 있는 상황은 아니었지만, 나는 감사하게도 운이 따라주어 기회를 얻게 되었다.

생각해보면 지금 나에게 바리스타 자격증은 아무 의미가 없어졌지만, 커피가 나에게 매우 중요한 역할을 한다는 것을 증명해주는 서류같이 느껴진다.

자격증을 취득하기 위해 공부하며, 나만의 예쁜 카페를 차려 향긋한 커피를 내리는 상상을 하곤 했다. 그만큼 커피는 나에게 큰 기쁨이었다. 하지만 큰 기쁨을 마음껏 누려보기도 전에 커피는 나에게서 떠나갔다.

이른 나이에 결혼한 나는 임신과 동시에 카페인 성분이 들어 있는 커피를 마시지 않았고, 아이를 낳은 이후에도 모유 수유가 나의 기쁨을 막았다. 물론 아이라는 비교할 수 없는 사랑의 이유가 있었기에 커피를 참는 날보다는 생각나지 않는 날이 많았다.

모유 수유가 끝나면 곧 기쁨을 다시 누릴 수 있을 거라는 나의 예상과는 달리, 그 이후에도 여전히 마음껏 커피를 마시지 못했다. 왠지 모르게 임신 전 몸과는 다른 내 몸이 되어있었다.

하루에 세 잔이고, 네 잔이고, 회사생활을 하면서 생각날 때마다 먹었던 때와는 전혀 달랐다. 커피를 한 잔만 먹어도 밤에 잠을 잘 수 없는 낯선 몸이 되어 있었다. 무시하고 계속 먹다 보면 내 몸도 다시 예전으로 돌아오겠지, 적응하겠지 생각했다. 다시 큰 기쁨을 누리겠노라 잠과의 싸움도 마다하지 않았다. 하지만 역시 잠과 승부를 본다는 건 어리석은 생각이었다.

사람은 무언가를 잃어보아야 소중한 것을 느끼게 되는 것일까. 지금의 커피 한잔은 기쁨이라기보다는 소중한 무엇이다. 몸이 좋지 않은 이후 건강을 위해 몇 번이고 끊어보려 시도했지만, 많지 않은 소중한 무엇을 나에게서 앗아가고 싶지 않다는 생각을 했다.

이른 아침에 먹는 커피 한잔은 어떤 것과도 바꾸고 싶지 않은 나의 소중한 무엇이다. 작지만 확실한 사치를 주는 나의 무엇이다. 하루를 풍요롭게 해주는 나의 무엇이다. 간직하고 싶은 나의 무엇이다. 나의 소중한 무엇.

빛나는 바람

누구나 여유가 생긴다면 악기 하나쯤은 배우고 싶다는 마음을 갖고 있다고 생각한다. 나 또한 항상 마음속에 악기를 연주하며 노래 부르는 행복한 나를 상상해 왔다.

무교였지만 친구 따라 악기가 있는 교회를 찾아갔던 어릴 적 기억이 새록새록 떠올랐다.

마음속 바람을 꿈이라 말하기에는 거창하게 느껴진다. 꿈이라 생각하면 너무 멀게만 느껴지고, 꼭 이루어지지 않을 거라는 막연한 두려움이 생긴다. 그래서인지 꿈이라 칭하기보다는 마음속 바람이라 생각한다.

십 년간의 회사생활 끝에 자의 반 타의 반의 마침표를 찍게 되었다. 덕분에 여유가 생긴 나는 하고 싶은 것을 찾았고, 제일 먼저 떠오른 것은 악기를 배우는 일이었다. 막상 배우려니 어떤 것부터 시작해야 할지 몰랐다. 하루 이틀 어떤 악기를 배워볼까 행복한 고민만 계속되며 시간은 흘러갔다.

어린이집에서 하원하고 남는 시간에 아이와 함께 다니려고 문화센터를 알아보았는데 문화센터에는 아이뿐 아니라 성인 배움터도 있었다. 이걸 다 누가 배울까 생각하며 많은 리스트를 읽어 내려가는 순간, 나의 고민은 말끔히 해결되었다. '소.확.행 우쿨렐레 배우기' 바로 이거라 생각했다.

기타에 비하면 너무 앙증맞은 이 악기는 나에게 매력적으로 다가왔다. 우쿨렐레라면 바로 배운다 한들 부담이 없었다. 배울 생각에 들떠 바로 수강 등록을 하려 했다. 그런데 들뜬 마음은 곧 가라앉았다. 수강 기간 때문이었다.

문화센터 수업은 한 달 단위가 아닌 삼 개월 단위로 등록해야만 했다. 당시는 이직한 남편을 따라 이사를 준비하던 때였다. 집이 팔리면 바로 이사 가야 할 상황에 삼 개월을 미리 등록하기에는 부담스러웠다.

수강 마감 기간은 다가오고 고민은 계속되었다. 문화센터 외에 다른 곳을 알아봤지만 마땅한 곳이 없었다.

하고 싶은 것들을 더 이상 미룰 수 없다는 생각은 했지만, 낭비하는 나를 참을 수 없었다. 하지만 이번 기회를 또 넘기면 언제 배우게 될지 모를 마음속 바람에 용기를 냈다. 우쿨렐레와의 만남은 그렇게 시작되었다. 기다리는 첫 만남의 순간은 설렘이다. 무언가 새로운 일을 할 때는 언제나 즐겁다.

손에 굳은살이 생기는 것 또한 대수롭지 않았다. 연결되지 않는 멜로디라도 한 곡을 끝내고 나면 뿌듯함이 온몸을 감쌌다. 오래도록 함께하는 배움의 전율을 느끼고 싶었지만 부드러운 한 곡을 제대로 마치기도 전에 이별은 찾아왔다.

우쿨렐레는 이삿짐센터 박스에 담겨 와서 새로운 보금자리의 장롱 속으로 들어가게 되었다. 이사 정리와 새로운 지역의 적응으로 우쿨렐레와의 설렘을 잊은 지 오래였다. 무정하게도 장롱 속에 그대로 잠들게 놔두었다.

계절이 몇 차례 바뀌고 옷 정리를 하게 되며 마주한 우쿨렐레는 나를 보며 방긋 웃어주었다. 내가 만약 우쿨렐레였다면, 야속하게 생각하며 화를 냈을 텐데 말이다. 우쿨렐레에게 미안해서 눈물이 왈칵 쏟아질 뻔했다.

우쿨렐레와 함께 좋아하는 곡을 연주하는 내 마음속 빛나던 바람들을 자꾸만 잊는 거 같아 내 자신이 너무 미웠다. 다시는 잊지 않기 위해 내가 제일 자주 앉는 곳 옆에 두고, 매일같이 사랑을 준다. 그리고 사랑을 받는다.

내가 좋아하는 곡을 내 손으로 연주하며 흥얼거릴 수 있다는 것만으로도 충분하다. 매끄러운 멜로디를 이어가지는 못하더라도 우쿨렐레를 품에 안고 있는 것만으로도 그저 행복하다.

열아홉

언젠가 인생이 허무하다고 느낀 그쯤 찾아온 꿈속의 친구가 있다. 그 친구의 이름은 열아홉. 그 친구가 소녀인지 소년인지 알 수 없지만, 그것은 중요하지 않다. 울고 있는 나에게 손을 내밀어 준 그 친구의 손은 참 따뜻했다. 얼굴 또한 기억나지 않지만, 그 친구의 미소는 나를 편안하게 해주었다.

함께 물장구도 치고, 돌 다섯 개로 공기도 하며, 개구리를 잡으러 다녔다. 세상에서 제일 큰 나무 그늘에 누워 자연이 주는 풀 내음과 꽃향기를 맡으며 함께 낮잠도 잤다. 누가누가 많이 잡나 잠자리 잡기 시합도 하고, 누가 제일 빨리 뛰나 달리기 시합도 했다.

마치 세상은 허무한 것이 아니라 즐길 것이 너무도 많다는 것을 알려주기 위해 온 천사 같았다. 보통은 잠에서 깨고 나면 무언가 중요한 것을 잃어버린 찝찝한 기분과 피곤함에 사로잡히지만, 그 날만은 달랐다.

소중한 것을 깨달은 기분. 위로 받고 사랑 받은 기분. 인생은, 살아 있다는 것은 참 즐거운 일이라고 느껴졌다. 모르는 친구와의 소중한 기억을 간직하게 되었다. 그때부터였다. 열아홉이라는 숫자가 좋아진 것이. 십구금을 좋아한다는 오해는 역시 나의 몫이다.

열아홉이 나에게 놀러온 것은 그날이 처음이자 마지막이었다. 아쉽지만 더 이상 열아홉이 나에게 찾아오길 바라지는 않는다. 물론 열아홉이 보고 싶고, 그 아이와 노는 것이 마지막이길 바라지는 않지만, 세상이 허무하다는 것을 느끼는 것이 더 싫기 때문이다.

열아홉이라는 이름을 가진 천사는 아마도 허무함을 느끼는 사람들에게 세상은 즐길 것이 많다는 것을 알려주고 다니느라 바쁜 것 같다. 바쁜 열아홉을 위해 무언가를 해주고 싶은 하루다. 열아홉의 일을 대신 해줄 능력이 되진 않지만, 내가 할 수 있는 일이 분명 있을 것이다.

우리 가족의 하루하루 인생은 즐기게 하여, 적어도 세 명은 찾아오지 않게 만들고 싶다. 고마운 열아홉이라는 이름을 가진 천사도 쉴 수 있게, 즐길 수 있게, 많은 이들이 세상을 즐기며 살아갔으면 좋겠다.

살아감을 즐기는 것이 얼마나 중요한지.

많은 이들이 살아 있기 때문에 살기보다는, 즐기기 때문에 살아 있다는 것을 느끼는 삶을 살아갔으면 좋겠다.

비의 울림

툭.

툭.

투두둑.

빗소리가 좋다. 시끄럽던 머릿속 생각들이 사라지며 마음이 평안해진다. 끝없이 내리는 비를 한없이 바라보며 내 모든 것이 씻겨져 깨끗해지는 소리를 듣는다.

비의 반쪽은 나에게 마음의 평안을 주지만 또 다른 반쪽은 그렇지 않다.

비가 오는 날에 밖을 나간다면 퍽 난감하다. 우산으로 아무리 방어를 해도 신발과 양말, 그리고 바지까지 축축해진다. 지나가는 차가 내게 물이라도 튀기게 되면 너무 끔찍하다. 비만 오면 어딘가에서 쾌쾌한 냄새가 난다. 어쩐지 비의 안 좋은 모습만 점점 눈에 띄는 것 같다. 빗소리는 좋지만, 비로 인해 찝찝해지는 상황들이 싫었다.

그러다 문득 비에게 미안해졌다. 대가 없이 주는 평안함에 감사하기는커녕, 비가 주는 불편함에 투정을 늘어놓기 바빴다는 생각을 하게 되었다.

무엇을 온전히 좋아한다는 것은 무엇일까. 나를 불편하고 힘들게 하지만, 그런 면까지 모두 품을 수 있는 감정을 말하는 것이 아닐까. 그렇다면 나는 그동안 비의 반쪽만 좋아한 것이다.

내가 보고 싶은 모습만 보았을 뿐, 싫어하는 모습까지 좋아하지 못했다. 모든 것의 장점만 볼뿐, 단점까지 감싸주지 못했다. 나는 비를 좋아한 것이 아니라, 비의 소리를 좋아한다고 해야 맞겠다.

나는 무언가를 온전히 사랑한 적이 있을까. 사랑한다고 생각해서 결혼한 남편을 단 한순간이라도 온전히 사랑한 적이 있을까. 그의 모든 단점과 모든 모습까지 사랑한 적이 있을까. 반쪽짜리 사랑을 했기 때문에 순간순간 불평불만을 늘어놓았던 것은 아닐까. 과연 모든 순간 누군가를 온전히 사랑하는 사람은 세상에 몇이나 될까.

많은 이들은 곁에 있는 이들에게 잔소리도 하고, 조언도 하고 충고도 한다. 그 이유는 무엇일까. 그 사람이 나에게 '맞춰주길 바라서'일까. 아니면 그 사람이 내가 '원하는 모습이 되길 바라서'일까. 아니면 '그저 지금보다 조금 더 나은 삶을 살았으면 하는 바람'에서 일까.

변했으면 하는 상대방의 싫은 모습까지도 사랑할 수 있는 용기는 과연 나에게 있는 것일까. 있는 그대로의 그 사람을 받아줄 준비는 되어있는 것일까. 나는 그 물음에 아직 준비되어 있지 않다는 생각이 들었다.

나 먼저, 내 자신의 싫어하는 모습부터 사랑하는 것이 먼저라는 생각이 들었다. 나 자신을 온전히 사랑하게 된다면 다른 사람을 온전히 사랑할 준비가 되는 것이 아닐까.

돌아보면 비는 늘 나를 온전히 사랑해 주었다. 나는 사랑 받고 있었다. 내리는 빗방울 한 줄기 한 줄기에 사랑이 담겨 있었다. 창가에 부딪히는 소리 소리마다 나에게 전하고 있었다. 애쓰지 않아도 된다고. 있는 그대로의 너의 모습으로도 충분하다고.

나만 몰랐을 뿐. 나는 내 모습 그대로, 온전히 사랑받고 있었다.

함께 만드는 기적

오래된 실화지만 '생명을 구하는 포옹'에 대한 이야기를 얼마 전에 접하게 되었다. 미국에서 쌍둥이 자매가 태어난 이야기다. 예정보다 12주나 일찍 태어난 두 아이는 각기 다른 인큐베이터로 보내졌다. 자매 중 동생은 심장에 문제가 있었다. 의사는 심장에 결함을 안고 태어난 아이는 곧 죽게 될 것이라고 예상했다.

아이의 병세는 점점 악화되었고 죽기 직전까지 이르렀다. 호흡과 맥박이 좋지 않았다. 방법이 없어 지켜만 보던 때, 한 간호사가 쌍둥이를 하나의 인큐베이터에 넣자는 제안을 했다.

이는 병원 방침에 어긋나는 일이었지만 다른 방법이 없어 간호사의 제안을 받아들이기로 했다. 엄마의 자궁에서처럼 두 아이를 한 인큐베이터에 나란히 눕히자 기적 같은 일이 눈앞에 펼쳐졌다.

건강한 아이가 팔을 뻗어 아픈 동생을 감싸 안았다. 그러자 동생의 심장이 안정을 되찾기 시작했고, 혈압과 체온이 정상으로 돌아왔다. 몇 개월이 지나 두 아이는 건강한 모습으로 퇴원했다.

현재 두 아이는 완전히 정상으로 무럭무럭 자라고 있다고 전해진다. 이 이야기를 접하고 자극 받은 나의 눈물샘에서는 눈물이 또 주르륵 흘렀다. 쌍둥이 언니는 동생의 불빛이 꺼져가는 것을 느끼고 있었던 것일까. 그래서 그 가녀린 팔로 동생을 안아준 것이겠지. 막 태어난 아이들의 기적을 보며 함께한다는 것에 대해 다시 생각하게 되었다.

함께한다는 것은 서로를 살리는 것이구나 생각했다. 백 마디 말보다 곁에 있어 주며 손잡아주고 안아주는 것이 큰 힘이구나 싶었다.

동생은 아마 포옹에 담긴 언니의 따뜻한 사랑을 느꼈으리라. 내가 여기 함께 있으니 포기하지 말라는 언니의 마음을 느꼈으리라. 현대의료기술로도 어찌 할 수 없는 것을 동생 생각하는 언니의 마음과 사랑이 치료를 한 것이리라.

기적이란 없다고 생각하며 살아왔지만, 쌍둥이 이야기를 들은 후에는 기적은 알게 모르게 매일매일 일어나고 있는 것이 분명하다고 생각하게 되었다. 그것을 알아차리느냐 알아차리지 못하느냐에 따라 생각과 믿음이 달라지는 것일 뿐.

사랑에는 큰 힘이 숨어 있다. 어쩌면 기적은 곧 사랑이지 않을까. 그렇다면 매일 함께한다는 것, 매일 사랑한다는 것은 기적이다. 사랑하는 사람과 함께할 수 있는 것이 곧 크나큰 기적이다.

사랑하는 가족과 매일 함께하는 나는, 기적 같은 하루하루를 살아가고 있었구나 싶었다. 알게 모르게 당신을 치유하고, 당신에게 치유 받고 있었구나 싶었다. 하루가 다르게 건강해지는 나는 축복받았구나 싶었다.

홀륭한 사람이나 대단한 사람을 보면 닮고 싶다는 생각이 들었다. 그들을 따라 한다면 나도 그들처럼 될 수 있지는 않을까 생각했다. 그래서 나의 지금 행동이나 습관들이 바뀌었으면 했다. 하지만 변화한다는 것은 결코 쉬운 일이 아니다. 심리학자들은 말한다.

> 의식적인 측면에서 변화의 의지가 큰 만큼 무의식적인 측면에서 변화에 대한 저항 또한 크다.

내가 생각하는 것보다 나의 무의식은 익숙한 것들로부터 갑자기 변화하는 것을 훨씬 더 두려워하는지도 모른다. 그래서 익숙한 느낌의 나로, 다시 예전으로 돌아가려고 하는 것일지도 모른다. 예전부터 봐왔던 나의 모습이 안정적이고 더 안심될지도 모른다. 작심삼일이 그래서 생긴 말이지 않을까.

어쩌면 변화하고자 하는 마음은 지금 자신의 모습을 부정하는 마음이라고 말할 수도 있겠다. 나도 모르게 나를 부정하는 감정의 혼란, 그것을 이겨내야 하는 변화는 그만큼 어려운 것이 당연하지 않을까.

자신의 모습을 부정하니 두려운데, 그 두려움을 안고 무거운 한 걸음을 떼며 변화해간다는 것은 그 어떤 일보다도 대단한 일이라 생각한다. 변화에 대한 힘든 여정을 생각하는 와중에 불쑥 허를 찌르는 또 다른 생각이 떠오른다.

왜 바뀌어야 하는 건가? 왜 변화해야 하는 건가? 왜 지금의 나는 충분하다고 생각하지 못하는가? 꼭 누군가를 닮거나 따라 해야만 잘 될 수 있는 건가? 왜 잘되고 싶다는 생각을 하는 것일까? 사람의 본능일까? 누군가에게 인정받고 싶어서일까? 아니면 돈 때문인가? 그도 아니면 다른 무엇 때문인가? 다른 무엇이란 무엇일까? 성공하고 싶어서일까?

질문은 끝이 없지만 그에 만족하는 답을 찾기란 매우 어렵다는 생각을 하며. 결국엔 사람마다 자신이 옳다고 생각하고 믿는 것이 곧 삶의 방향이 되는 것이겠지 생각했다.

성공에서 질문이 멈췄던 이유는 많은 이들이 그렇듯 나 또한 성공하고 싶다는 마음을 가지고 있었기 때문이다. 중요한 것은 성공의 기준이란 무엇이냐는 것이다. 그전에는 그런 기준은 생각해보지도 못하고 오직 성공만을 향했다.

'난 성공할 거야. 성공해서 돈 많이 벌어서 잘 먹고, 잘 살 거야'

많이 번다는 기준 또한 모호했다.

"그 정도로 되겠어? 애들 커서 학원 보내고 살림하고 노후준비하면 끝나지 뭐.”

내가 생각하는 기준이 명확하지 않으니 만족할 줄 모르고 다른 사람들이 하는 말에 금방 휩쓸리기 일쑤였다.

다른 사람이 아닌, 나의 성공 기준을 명확하게 한다면 그 어떤 풍파에도 휩쓸리지 않을 거라 생각한다. 만약 돈을 많이 벌고 싶다고 한다면 정확히 얼마를 벌면 만족할 것인지, 성공 기준이 돈이 아니라면 그보다 무엇이 더 중요한지, 어디에 더 가치를 둘 것인지 말이다.

그전에는 나를 변화시키려 몸부림쳤지만, 나만의 성공 기준을 정한 지금은 굳이 변화하지 않아도 괜찮다는 생각을 한다. 지금으로서는 그저 건강을 유지하며 어떤 풍파에도 평안한 마음을 잃지 않고, 즐기면서 순간을 살아가기를 바랄 뿐이다. 나에게는 그것이 성공한 삶이라고 생각하게 되었다. 경제적인 부분은 내 인생의 중심에서 자리를 비켜주게 되었다.

여기에 한 가지를 더한다면 꾸준함. 쓰는 행위를 멈추지 않고 계속해 나간다면, 나에게는 더 바랄 것 없는 행복한 삶이라 말할 수 있다.

나를 위한 다이어트

“나 지금 똥개훈련 시키는 거야?”

“그럼. 그렇게라도 살 좀 빼야지.”

어김없이 살을 언급하는 남편. 부쩍 살찐 모습을 보며 어머님 또한 걱정스레 말씀하신다.

“살찌면 건강에 안 좋아. 살 좀 빼야지.”

“어머님. 걱정하지 마세요. 마음만 먹으면 금방 빼요.”

무슨 자신감인지 살 빼는 것에 대해서는 늘 자신 있었다. 다이어트 생활만 십수 년째.

스트레스를 받으면 나도 모르게 먹는 것으로 해결한다. 굳이 맛있어서 무언가를 먹기보다는 어딘가 허전함과 부정적인 생각을 잠재우기 위해 먹는다고 해야 할까. 모든 먹는 이들의 핑계일까. 오직 먹기 위해 만들어낸 내 속의 또 다른 나에 대한 변명일 뿐일까.

최근에는 예쁜 몸매보다는 먹는 즐거움이 더 크다며, 나에게 스트레스를 주기보다는 먹을 수 있는 기쁨을 주자며 나를 안심시킨다. 하지만 어머님께 ‘마음만 먹으면 금방 빼요’라고 답한 나를 비난이라도 하듯 며칠이 되지 않아 어떤 책을 읽게 되었다.

> 아니, 이해할 수가 없어. 왜 그 사람 있잖아. 자기 대단한 사람이라며 자기 자랑 늘어놓던 사람. 뭐 마음만 먹으면 빌딩을 살 수 있다느니, 대통령이랑 만나서 사진을 찍을 수 있다느니, 책을 낼 수 있다느니 하는 그 사람 말이야. 그럼 왜 마음을 안 먹었대? 마음먹고 빌딩 사고, 대통령도 만나서 사진도 찍고, 책도 내지? 안 그래? 말 빼면 아무것도 남지 않는 사람. 도대체 왜 마음먹지 않는지 이해할 수가 없다. 푸하하.

어느 순간 부풀어 있는 모습을 보면 나의 다이어트는 시작됐다. 적당한 식이요법과 한 달 정도 운동을 병행하면 금방 불편하지 않은 몸이 되었다. 그래서 부푼 나의 모습이 두렵지 않았다.

그런 생각들은 이제 예전 이야기다. 수차례의 다이어트를 하며 알게 되었다. 빼는 것이 끝이 아님을. 빼는 것보다 유지하는 것이 더 힘들다는 사실을. 그 사실을 알게 된 이후부터는 부푼 나를 보더라도 살 빼야겠다는 마음을 쉽게 먹지 못하게 되었다.

어쭙잖은 다이어트로 인해 요요 현상이 오게 되면 건강에 더 좋지 않다는 것을 알았기 때문이다. 쉽게 마음먹고 쉽게 빼서는 유지가 되지 않는다는 것을 느꼈기 때문이다.

한 달 동안 죽기 살기로 살을 빼는 것에 더해, 그 몸을 유지하기 위해 나의 식습관을 개선하며, 언제까지고 꾸준히 운동을 해야 한다는, 무거운 결심을 함께해야 된다는 것을 알기 때문이다.

'무거운 결심 끝에 해내지 못하면 어떡하지?'라는 작지만 큰 두려움이, 다이어트를 시작하려는 나를 망설이게 만든다. 어느새 실패가 두려워 시작조차 망설이는 내가 실망스럽게 느껴진다. 두려워 시작하지 못하고 있는 것이 어디 다이어트뿐이겠는가.

자기 자랑을 늘어놓던 그 사람. 누군가에게 자기 자랑을 한다는 것은 인정받고 싶어서 아닐까. 혹시 빌딩을 사고 책을 낼 능력이 있는데도 불구하고, 해내지 못할 수 있다는 불안감과 그로 인해 자신이 대단하지 않다는 사실을 마주할까 두려워 시작하지 못하고 있었던 것은 아닐까.

해내지 못함을 왜 두려워하는 걸까. 두려움은 어디서부터 시작되는 걸까. 해내지 못해서 누군가에게 비웃음 당하며 인정받지 못할까봐 혹은 다른 사람이 아닌 내 자신이 알고 있으니 비웃을까봐.

다이어트는 누구를 위한 걸까. 그저 다른 사람에게 보이기 위함인 걸까. 몸매를 자랑하기 위함인 걸까. 그렇기도 하지만 사실 그렇지 않다. 식이요법과 꾸준한 운동은 나를 위한 것이다. 남편에게 그저 예뻐 보이기 위함만은 아니다. 내가 하는 다이어트는 그날그날 나의 건강을 챙기는 일이다. 남편에게 인정받기 위함이 아니다.

생각해보면 나를 챙기고 위하는 일에 실패와 성공을 논할 이유는 없었다. 나의 건강을 놓고 다른 사람의 인정은 필요하지 않았다. 얼마나 많은 순간 나를 두고 다른 사람의 인정을 기대해 왔던 걸까.

무언가 시작하고, 해나가고, 이루어가는 모든 것에 말이다. 누군가에게 자랑할 필요도, 인정받을 필요도 없다. 삶을 누군가에게 인정받기 위하여 산다는 것처럼 슬픈 일은 없다는 생각이 들었다.

법정 스님이 하신 말씀 중에 '물건에 대한 집착보다도 인정에 대한 집착은 몇 곱절 더 질기다'는 명언이 있다. 누군가의 인정에 집착하는 것은 인정을 위한 삶이지, 나를 위한 삶이 아니라는 생각이 들었다.

다른 누구도 아닌, 내가 나를 인정하는 삶을 살아봐야겠다. 남을 위한 다이어트가 아닌, 보이기 위한 다이어트가 아닌, 나를 위한 다이어트에 도전해봐야겠다.

나를 위한 삶을 살아보아야겠다.

마법의 공간

평소의 나는 몇 겹의 가면을 쓰고 있는 걸까. 오래도록 쓰고 있던 가면이라 벗고 있는 나의 모습이 낯설게 느껴진다. 혼자 있으면 다 벗고 있다고 생각하지만, 정작 모두 벗은 것인지 의심스럽다.

낯설지만 글을 쓰고 있으면 거추장스러운 가면과 꾸며서 가린 모든 것들을 걷어내게 된다. 벌거벗었다는 부끄러움도 잠시, 곧 편안해진다. 잡다한 생각이 들지 않게 된다.

누군가에 비추어질 나에 대한 이미지라든가 혹은 다른 사람들의 시선과 생각들, 집중해야 한다는 무언의 압박, 상황에 대한 계산들, 의식하든 의식하지 못하든 내 속의 수많은 모든 생각이 가라앉는다.

오래된 사이에서만 느낄 수 있는 그런 편안하고 긴밀한 관계에서 이루어질 법한 일들이 일어난다. 나의 모든 것을 이해해줄 것만 같은, 벌거벗은 나를 보여도 괜찮을 거 같은, 곧 순수한 나를 만날 것만 같은, 마법의 공간이다.

덕분에 마법에 흠뻑 취할 수 있다. 그렇기에 벌거벗은 나를 마주한다. 그리고 묻는다. 나는 누구이며, 무엇을 하고 싶은지에 대해.

그것을 왜 하고 싶은지에 대해.

항상 소중하다고 여겨지는 시간은 짧게 느껴지듯, 그렇기에 더욱 소중해지는 시간이다. 어김없이 감사하다. 마법의 공간에게, 마법에 취하는 나에게도, 마법을 취할 수 있게 해주는 나의 상황과 시간까지, 마법을 흐리지 않는 모든 것에게 감사하다.

매일 마법의 공간에 들어와 마법사가 되어 취해본다. 나 자신에게 거짓 없이 꾸밈없는 마법사가 되기 위해. 그 어디에서도 가면을 쓰지 않고 당당한 나로 살아갈 수 있게. 어느 누군가 물어 와도 대답할 수 있게. 나는 누구이며, 무엇을 왜 하고 싶은지 어디로 향하고 있는지에 대해.

비교 감옥 탈출

다른 사람과 비교하지 말라는 교훈은 귀에 딱지 앉게 들어왔다. 안다. 알고 있지만, 막상 상황이 닥치면 무의식적으로 비교는 시작된다.

'그 사람 공부한 지 얼마 안 됐는데 벌써 합격했어? 난…'

'저 여자는 타고난 몸매인 거야. 운동해도 나는…'

'오, 신의 손이네. 했다 하면 작품이네. 똥 손인 나는…'

'얘는 능력 있으니 돈도 잘 버는 고만. 매일 놀러 다니네. 내 여권은…'

'누구네 엄마는 일하며 애 키우며 집까지 반짝이게 하고 사네. 휴. 나는…'

의식하지 않으려 노력해도 비교는 나의 영역이 아닌 것처럼 통제하기가 어려워진다. 알고 있지만, 비교하지 않기란 쉽지 않다. 비교는 나를 점점 감옥으로 끌고 가 자존감을 갉아 먹게 만든다.

한번 비교 감옥에 갇히게 되면, 탈출하기까지 많은 에너지와 시간이 필요하다. 알면서도 도돌이표 놀이를 하는 나를 보며 한심하다는 생각을 한다. 그렇게 악순환의 고리는 끊어지지 않는다.

비교 감옥에 나를 가두는 사람은 공부 잘하는 그 사람과 타고난 몸매의 여자. 그리고 신의 손을 지닌 재와 능력 있는 애인 줄 알았다. 하지만 사실은 그렇지 않다는 것을 알게 되었다. 나를 비교 감옥에 가둔 사람은 바로 나 자신이다.

그들은 그들만의 삶이 있다. 비추어지는 모습이 다가 아니다. 나에게도 말 못하는 사연이 있듯이 모든 사람에게는 각자의 사연들과 힘든 상황과 고뇌들이 있을 것이다. 그러니 다른 사람들의 삶을 마냥 부러워하거나 탐내지 않기로 했다.

그렇다고 다른 이들의 이야기를 안 들으며, 안 보며 살 수 없지 않을까. 원하지 않아도 다른 이들과 내가 비교될 때는 의식하며 감탄으로 끝맺는다.

'벌써 합격했어? 와 열심히 했나 보네.'

'타고난 몸매인 거야? 멋지다.'

다른 이는 다른 이. 나는 나이다. 비교해야 할 사람은 다른 누군가가 아닌 나 자신이다. 과거의 나, 어제의 나와 지금의 나 말이다.

순간순간 나에게만 집중해본다. 비교로부터 자유로워질 매일을 위해.

콤플렉스

영어와 마주하는 나는 불편하다. 사람마다 잘하는 것이 있으면 못하는 것도 있기 마련이다. 나에겐 못하는 것이 영어였고, 그것을 너무도 잘 알았던 나는 못하는 것을 부끄럽게 여겼다. 곧 콤플렉스로 작동하게 놔두었고, 심지어 오랜 시간 방치까지 했다.

지금 생각해보면 나에게 약한 것은 영어뿐만 아니라 모든 언어에 해당할지도 모르겠다. 그렇게 생각하게 된 것은 오랜 시간 알고 지낸 지인이 내가 쓴 대화 글을 보며 늘 장난으로 말했기 때문이다.

"칭, 한국어 능력 시험 좀 봐야겠어."

뿐만 아니라, 평소에 설명을 잘 못하기도 하고 말을 자주 더듬었기 때문에 언어에 약하다는 생각을 해왔다.

새해가 되면 목표를 세우고 계획하는 것 중에 영어가 매번 순위에 들어갔다. 다른 누군가처럼 토익점수나 혹은 여행 중 유창한 실력을 뽐내기 위해서가 아니었다. 나의 영어 목표는 단지 콤플렉스 극복 정도였다. 영어가 생활 속에 너무 많이 자리 잡고 있어 그것을 피하지 않기 위해서였을 뿐이다.

그런데 내 나이 앞자리 수가 바뀌도록 새해 목표는 늘 똑같았다. 나에게 영어는 늘 제자리걸음처럼 느껴졌다. 노력을 들이면 나아져야 하는데 그렇지 않으니 영어는 나에게서 더 멀어지는 기분이었다.

어디선가 '영어'라는 단어에 귀가 쫑긋했다.

"영어? 중국어?"

"중국어! 요즘은 중국어를 배워야 하는 시대라니깐."

"영어랑 중국어 둘 다 별로. 나는 차라리 일본어를 택할래."

대학생들 같았다. 세 명이 무엇을 배울지에 대한 대화를 듣다 괜스레 한국어는 껴있지 않는 것이 서운했다. 다시 생각해도 내가 웃긴다. 어쩌면 당연한데, 왜 나는 서운한 감정이 일었을까.

다른 이들의 대화에서는 느끼면서, 왜 나 자신에게는 느끼지 못했던 걸까 생각했다. 지금까지 살아오며 다른 나라 언어에만 초점을 맞춰왔다는 생각에 갑자기 세종대왕님께 죄송한 마음이 들었다.

갑자기 콤플렉스란 단어도 열등감 덩어리라는 단어로 보였다. 아름다운 한글을 앞에 두고 이내 부끄러워졌다. 그리고 나에게도 미안했다. 잘하고 좋아하는 것들로만 채워도 모자란 짧고도 귀한 인생 앞에서 못하는 것을 두고 나를 괴롭힌 것에 대해서 말이다.

초점이 영어에서 한글로 옮겨지며 영어에 대한 열등감 덩어리는 자연스럽게 눈 녹듯 사라지는 기분을 느꼈다. 영어 앞에 당당해지기까지는 시간이 걸릴지 모르더라도 부끄러움은 없어졌다.

앞으로 많은 여행을 자주 떠나다 보면 영어가 좋아지는 날이 오지 않을까.

그날을 기대하지만, 지금은 여태 몰라봤던 우리말 매력에 푹 빠져 본다.

미뤄 둔 버킷리스트

많은 새해를 맞이하며 수도 없는 버킷리스트가 내 다이어리를 채웠다. 그중에는 이룬 것도 있고, 진행 중인 것도 있으며, 또 어떤 것들은 머나먼 꿈 너머 꿈같은 것들도 있다. 그 외에 유난히 눈에 거슬리는 두 가지가 있다. 당장이라도 한다면, 할 수 있는 것이기 때문이다. 그 두 가지는 오로라 여행과 강아지나 고양이 기르기다.

미루는 이유는 항상 명확하고도 많다. 자유의 몸일 때에는 회사를 그만두면 떠나야지 길러야지, 결혼하면 떠나야지 길러야지, 아이 낳고 떠나야지 길러야지, 아이가 좀 더 크면 떠나야지 길러야지. 좀 더 생활이 나아지면 떠나야지 길러야지, 좀 더 돈을 모으면 떠나야지 길러야지, 이사 좀 가게 되면 떠나야지 길러야지.

그뿐만이 아니다. 여행을 못 떠나는 이유는 더 있다. 나 혼자 떠나자니 아이와 남편이 걸리고, 가족여행을 떠나자니 길게 연차를 쓰지 못하는 남편 회사가 걸리고, 어떻게든 떠나고 싶어 마음먹은 시기에는 가고 싶은 여행지의 오로라를 볼 수 있는 시기가 걸렸다.

강아지나 고양이는 또 어떤가. 동물을 매우 좋아하고, 어릴 적부터 강아지 키우는 것이 소원이라고 말했던 나이지만, 여태 키우지 못했다. 생명에 관한 것은 신중해야 되며, 평생 책임질 자신이 없다 느껴지는 것은 아직 키울 준비가 되지 않았다고 생각했다. 그뿐만 아니라 기관지가 약한 남편도 생각해야 했고, 나에게는 어린 아이도 있으니 나의 만족만 생각할 수가 없었다.

나열한 것들은 거짓 없는 이유이지만, 버킷리스트를 들여다보고 있으면 핑계에 불과하다고 느껴졌다. 인생의 시기마다 해야 할 일이 있고, 계획하지 않은 돌발 상황들이 계속해서 닥칠 텐데 이러다가 죽기 전에 할 수 있을까 싶다는 생각을 했다. 마음먹고 기다렸지만 정작 상황에 따라오는 온갖 이유들로 인해 나는 또 기다려야 했다.

죽기 전에 하고 싶어서 적어둔 것들이 버킷리스트인데 언제까지고 기다릴 수만은 없지 않을까. 버킷리스트를 미룬다는 것은 나의 행복을 미루는 것과 같지 않을까. 역시 버킷리스트를 이루기 위한 가장 좋은 시기는 바로 지금일 것이다.

꿈 너머 꿈의 버킷리스트라도 그것을 이루기 위해 지금 무엇이든 시작하는 것이 제일이지 않을까. 지금은 역시 안 된다는 많은 이유가 존재하지만, 그럼에도 불구하고 떠남과 기름. 미루어두었던 두 버킷리스트를 위해 오늘 할 수 있는 일을 해본다.

"오빠야, 강아지가 좋아? 고양이가 좋아? 그리고 연차는 언제 길게 쓸 수 있어?"

남편 따라 재미로 봤던 영화 마블 시리즈 중, 〈캡틴 마블〉은 나에게 선물이었다. 영화 내용을 엿보자면, 기억을 잃은 여주인공이 스타포스(조직 이름)라는 조직에 몸을 담고 힘을 조종당한다. 원래는 지구인이지만, 기억을 잃어 조직에서 심어놓은 기억을 자신의 것으로 착각하며 살아간다. 그러던 중 어떤 사건으로 인해 기억을 의심하기 시작하며 자신은 누구인가에 대한 정체성 혼란을 겪으며 괴로워한다.

자신을 찾아가는 과정과 자신을 이용하려는 조직 사이에서 충돌이 발생하며 가상공간에 갇혀 힘을 통제 당한다. 우리 없이는 능력 없는 한낱 인간일 뿐이라고 말하는 조직에게 용기 있게 맞선다. 무섭고 두렵지만, 자신이 믿는 길을 굳건하게 걸어 나가는 그녀가 멋있다.

넘어져도 일어나고, 또 일어나고, 계속 일어나는 여주인공을 보며 어떻게 팬이 되지 않을 수 있을까. 단 한 번 넘어짐에 아파하고 좌절했던 지난 나를 돌아보며 반성한다.

스타포스 조직에서는 여주인공을 '비어스'라 불렀다. 하지만 그녀는 "내 이름은 캐럴이야."라고 말하며, 조직에게 당당히 맞선다. 자신의 의심이 걷힌 후부터 그녀는 다른 사람이 되어 있었다.

그걸 본 순간 나의 가슴이 쿵쾅쿵쾅 뛰기 시작했다. 자신을 억누르고 있던 모든 것을 풀어헤친 순간이었다. 그동안 한 손으로 싸운 거나 마찬가지였다는 여주인공의 대사는 통쾌함과 함께 짜릿함을 선사해 주었다. 여주인공과 함께 하늘 위를 나는 기분이었다.

여주인공은 스타포스 조직원 시절 자신을 속였던 스승과 마주하며 이야기한다.

"늘 말했지. 혼자만의 힘으로 날 쓰러트려야 준비되는 거라고. 그 불을 끄고 증명해봐."

맨손으로 싸워 자신을 이기라고 말하는 스승을 불로 날리며 말한다.

"증명해야 할 건 없어요."

영화를 보고 나와 한동안 읊조렸다. 증명해야 할 건 없다. 그동안 나는, 증명하기 위해 얼마나 많은 시간을 버려왔는지 생각하니 머릿속이 멍해졌다. 난 도대체 무엇을 증명하려 그리도 애썼을까. '나는 나'인데 말이다.

갑자기 여주인공이 스타포스 조직과 맞서는 모습이, 자신을 힘들게 했던 자신 내면과의 싸움이라 느껴졌다.

조직에서 불렸던 이름의 나, '비어스'와 찾고 싶은 나, '캐럴'의 대결.

'만들어진 나'와 '참다운 나'의 대결.

자라온 환경, 부모의 영향, 교육, 문화, 종교 등 살아오면서 겪은 수많은 시간과 함께 만들어진 나, 그리고 티 없이 온전한 나의 대결.

내가 만약 캐럴이라면, 나는 어디쯤 걷고 있는 걸까. 기억을 잃었다는 사실조차 깨닫지 못해 속고 있고, 내 기억이 조작되었다고 생각하니 소름이 끼친다.

지금의 만들어진 나는 참다운 내가 모습을 드러내는 것을 두려워해서 나 자신을 조종하는 것은 아닐까. 나는 지금 어디쯤이고, 참다운 나는 어디쯤 있을까.

그래도 나는 믿는다. 내가 원한다면 언제든지 나 자신을 억누르고 있던 모든 것을 잠금 해제 할 수 있다는 것을. 원한다면 누구나 잠금 해제와 함께 영웅이 될 수 있다는 것을.

자신이 빛나고 있음을 알고 있는 여주인공 캐럴은 오래도록 나의 영웅으로 남을 것이다.

평범한 일상

코로나19는 평범한 일상의 소중함을 깨닫게 해주었다. 가고 싶은 곳 어디든 마음껏 돌아다닐 수 있음은 자유를 누리는 큰 기쁨이다. 같은 집 안에 있어도, 집에 있고 싶어서 있는 경우와 나갈 수 없어서 집에 있는 경우는 다르다. 코로나19 앞에 모든 선택의 저울질 속 괴로움은 행복한 고민이었다. 선택할 기회조차 주어지지 않는 일상은 아프다.

아무것도 쓰지 않은 얼굴로, 아무 생각 없이 카페에서 커피 한 잔 하는 것이 그리울 줄은, 자의가 아님에도 외식을 하지 못하게 되는 일 또한 있을 줄은 생각해보지 못했다. 집 앞 놀이터에서 아이와 함께 뛰어노는 일상이, 마스크 없이 사람과 마주치는 모든 상황이 걱정 될 줄은 생각해보지 못했다.

모든 것은 잃어보아야 그 소중함을 깨닫는 것일까. 누군가와의 거침없는 수다가 혹은 온전히 혼자 있는 시간이 소중하고 감사한 일이란 걸 다시금 새겨본다. 하지만 그렇게만 느끼기에는 곁에 있는 아이가 너무 행복해한다. 집에만 있고 싶다던 아이의 바람이 이루어졌기 때문일까. 형제가 없어도 지루하고 심심해할 틈도 없이 즐거워하는 아이를 보며 미안한 감정이 든다.

아픔은 뒤로한 채, 지금의 일상에 집중해본다. 아이와의 또 다른 일상을 즐겨본다.

코로나19는 많은 것을 앗아갔지만, 또 많은 것을 일깨워 주었다.

기본과 평범함의 중요성과 소중함을.

우리나라와 의료진들의 위대함을.

방황의 끝에

무엇이 내가 진정으로 원하는 길인지 확신이 서지 않아 늘 답답했다. 열정은 있으나 꾸준함이 부족한 나는 이거 조금, 저거 조금, 조금씩 겉핥기를 했지만, 어떤 길도 내 길이 아니라 생각했다.

나에게 맞지 않은 옷을 입은 것처럼 어색했으며, 잘못하면 어깨가 훤히 보일 것만 같아 가만히 서 있는 모습조차 자연스럽지 못했다. 옷은 예쁘고 탐나지만, 예쁜 옷들은 항상 나에게 맞는 사이즈가 없었다. 몸에 맞지 않기 때문에 역시 내 옷이 아니라 생각했다.

모든 방황에는 이유가 있고 의미가 있다. 무언가를 찾거나 혹은 원하지 않았다면, 방황 또한 하지 않았을 것이다. 그러니 방황하고 있다는 것은 잘하고 있다는 증거이다. 나아가고 있다는 내면의 서툰 표현이다.

방황 도중 알게 되었다. 탐나고 예쁜 옷은 모두 내 옷이 아니라 느껴진다. 원하는 예쁜 옷을 입는 방법은 두 가지가 있다. 첫 번째는 그 옷에 맞춰 내 몸을 줄이든가 찌우는 방법이다. 두 번째는 원하는 옷을 내 몸에 맞게 직접 만드는 방법이다. 두 방법 모두 시간이 걸린다.

첫 번째는 뼈를 깎는 인내심이 필요하다. 두 번째 방법인 탐나는 옷을 직접 만들기 위해서는 많은 것을 익혀야 하고, 많은 재료와 옷감도 사야 하며, 만약 잘못 만들었을 때에는 다시 만들어야 하는 수고와 노력이 필요할 것이다.

그동안 마음을 사로잡는 옷들은 나에게 왜 맞지 않는지 불만스러워하며 다른 옷을 찾아 나섰다. 나에게 딱 맞는 옷, 나에게 딱 맞는 길이 어딘가 있으리라 생각했다. 하지만 나에게 맞는 옷을 찾는다 하더라도 그 옷은 나의 스타일이, 내가 원하는 옷이 아니었다.

그렇게 돌고 돌아 내 옷이 아닌 것 같지만 내 눈에 예뻐 보이는 옷을, 내 길은 아니라 생각했지만 탐나는 길을 가보기로 결심했다. 있는 그대로의 나를 사랑하기로 마음먹고 두 번째 방법을 택했다. 그리고 무던히 노력 중이다. 나에게 맞는 작가라는 옷을 만들기 위하여.

글 한번 써본 적 없고, 글에 관련된 일을 해본 적도 없으며, 글 공부는 물론 이런 이야기를 꺼내는 것 자체가 부끄럽지만, 그건 중요하지 않다.

나에게는 오직, 맞지 않던 작가라는 옷을 나에게 맞는 옷으로 만드는 일만 남았을 뿐. 모든 사람은 자신이 원하는 옷을 입을 권리가 있다. 안 맞는다고 돌아서거나 포기하지만 않는다면, 누구든 자신이 원하는 옷을 입고, 당당히 세상의 문 밖으로 나오는 날이 온다고 믿는다.

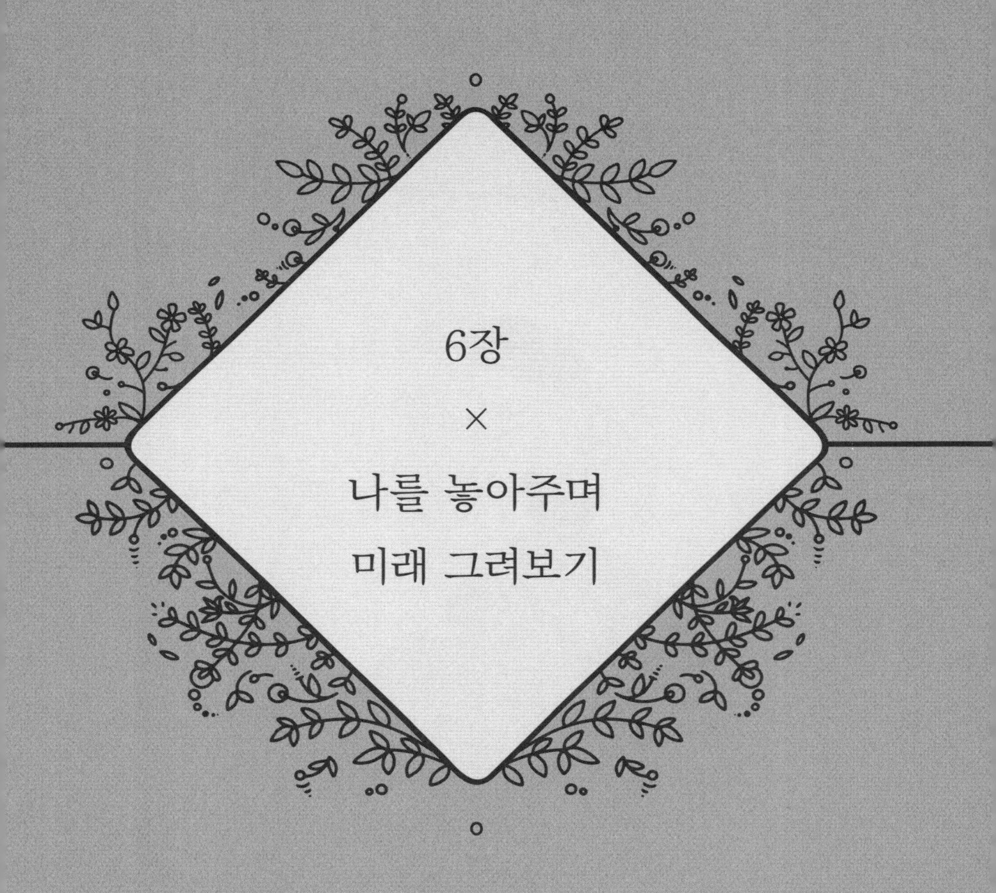

6장

×

나를 놓아주며 미래 그려보기

옆자리

어느 따뜻한 봄날, 기분 좋게 아이와 다 같이 도서관에 나들이를 갔다. 집 가까이 위치한 도서관에는 큰 저수지가 옆에 붙어 있어 책도 보고 산책도 하기에 안성맞춤이다. 나는 도서관에만 가면 모든 것이 리셋 되듯 기분이 좋아진다. 요즘은 도서관 안에 상영관이 함께 있어 주말마다 무료로 영화를 보여준다.

영화관은 어린 승호를 데려가기에 걱정이 앞섰다. 중간에 울거나 소리를 질러 남들에게 피해를 주거나 갑자기 나가고 싶다고 떼쓰거나 오래 앉아 있지 못할 수 있겠다는 많은 생각들 때문이다.

도서관 상영관은 그런 많은 걱정을 잠재워줬다. 매주 어떤 영화를 하는지 검색해 골라보는 재미도 있다. 마침 보고 싶었던 영화 〈코코〉를 상영하기에 가족 나들이에 나섰다.

죽음과 삶의 경계를 재미있게 풀어내며 음악들로 귀를 황홀하게 해준 멋진 영화에 신이 난 우리 가족이다. 집이 아닌 어딘가에서 영화를 처음 보는 승호의 눈이 커졌다. 엄마 아빠의 품도 싫다며 어느새 한 자리를 차지한 모습을 보며 새삼 많이 컸다는 생각을 했다.

영화가 시작되고 한참을 재미있게 보던 중, 한 자리가 비어 있던 옆 의자에 초등학생 저학년으로 보이는 아이 둘이 왔다. 엄마 아빠 없이 아이 둘은 서로 의자에 앉겠다고 다투었다. 그러기를 잠깐 바로 번갈아 가면서 앉자고 정하고 영화에 집중하는 아이들이 귀엽고 기특해 보였다.

남편에게 승호를 우리가 안아서 옆으로 당겨 앉는 것이 어떻겠냐고 물었다. 하지만 남편은 승호가 잘 보고 있으니 놔두자고 말했다. 속으로 정 없다고 생각하며 다시 영화에 집중하기 시작했다. 몇 번씩 다리 아프다며 번갈아 앉는 아이들을 모른 체 하며 말이다.

몇 번의 계절이 지났을까. 영화관에 갈 때든 강의를 들으러 갈 때든 옆에 비어 있는 의자를 볼 때면 그때의 기억이 떠올랐다. 그때마다 정 없는 남편을 탓하며 대수롭지 않게 기억을 흘려보내 왔다.

그리고 얼마 후, 남편을 일찍 잃고 암 투병으로 힘겨운 나날을 보내며, 자신의 살날이 얼마 남지 않음을 느끼는 60대 여성의 어떤 이야기를 듣게 되었다.

“살면서 제일 후회되는 일이 있으십니까?”

“지가요. 후회되는 것은 애들 좋은 대학 못 보내고, 남편이랑 결혼한 그런 것이 아니여요. 딱 한 가지가 그렇게 기억에 남아요 글쎄. 지가 남편 잃고 홀로 아이들 키우면서 국밥집을 했는데, 어느 날인가 돈 없는 할배가 와서 밥 한 끼만 줄 수 없냐고 하는 거여요. 그래서 누구는 땅 파서 돈 버는 줄 아냐고, 그 길로 내쫓아 버렸지

뭐여요. 30년이 다 된 그 기억이 지워 지지가 않여요. 죽을 날이 다 가오니 그게 그렇게 후회가 되네요 그려."

그 이야기를 듣고, 나는 순간적으로 직감했다. 왜 옆자리 남매의 기억이 자꾸 머릿속을 떠나지 않았는지. 나도 모르게 후회하고 있었던 것이다.

남편을 방패 삼아 모르는 척했지만, 생각해보면 남매를 도울 수 있는 방법은 있었다. 나 혼자 일어나서 뒤쪽에 서서 봐도 됐을 테고, 신랑의 의견과 달라 번거롭더라도 승호 쪽으로 내가 가서 안고 봐도 됐을 테고, 그도 아니면 도서관이니 그냥 나가서 책을 읽어도 됐을 터였다. 내 잘못이라고 인정하지 않고, 다른 사람 탓을 하며 어쩔 수 없다고 생각하고 있었던 것이다.

60대 여성분도 아마 그래서 할아버지가 생각난 것은 아닐까. 분명 국밥 한 그릇 정도는 돈을 받지 않아도 당장 생활이 힘들어지지 않는다는 것을 알지만, 자신이 힘들 때는 아무것도 눈에 들어오지 않듯, 그 당시에는 사는 게 팍팍하고 힘드니 할아버지께 국밥 한 그릇 내줄 마음의 여유가 없었던 것이다.

나 또한 이름 모를 남매에게 한 행동이 오래도록 떠나지 않을 것 같다. 하지만 앞으로는 사는 게 팍팍하고 여유롭지 못하더라도, 어떤 힘든 상황이 오더라도 핑계 대지 않고 내가 할 수 있는 일을 할 것이다.

죽을 때 하나의 후회라도 줄이기 위해서.

황금 열매

암에 걸렸을 당시 내 고집스러움 때문에 힘들었지만, 그에 더해 나를 괴롭힌 것은 또 있었다. 나는 내가 만든 결과물이라는 생각 때문이었다. 그때는 병이 나의 결과물이라고 생각했고, 내가 살아온 모든 순간들과 선택들이 모여 만들어졌다는 생각에 나의 과거를 부정했다.

힘들었던 모든 순간과 나를 외면했던 모든 순간들이 다시 살아 움직이며 나를 괴롭히는 것처럼 느껴졌다. 갈림길에서 택했던 모든 선택들이 후회스럽게 느껴졌다.

나는 내가 만든 결과물이라는 사실 그 자체보다 이런 나 자신을 인정하고 받아들이는 것이 매우 괴롭게 느껴졌다. 물론 지금은 그렇게 생각하지 않지만 말이다.

나라는 사람으로 물질적인 성과를 따지자는 것이 아니라 내 안에 맺은 열매를 말하는 것이다. 건강한 나무에 먹음직스러운 열매가 맺어 만족스러우면 그것으로 충분한 것이고, 그렇지 못하다면 앞으로 비료도 주고, 물도 주고 햇볕도 사랑도 잘 주면서 마음에 드는 열매를 만들어 가면 그만인 것이다.

성숙하지 못했던 나와 같이, 썩은 열매라고 화내고 부정하거나 그동안의 자신을 후회할 필요는 없다. 그저 썩은 그대로의 열매를 바라봐주고, 인정해주고 조용히 떼어 버리면 되는 것이다. 시간이 흐르면 열매는 다시 맺기 때문이다.

우리에게는 시간과 기회가 많다. 천천히 조금씩 건강한 나무와 내가 원하는 열매를 가꾸어 나가면 되지 않을까.

그저 가꿀 수 있음에 감사하고, 가꿀 수 있는 시간이 있음에 감사하고, 반짝이는 열매를 만들어 가려는 자신에게도 감사하며 기다리다보면 언젠가 황금 열매가 열리지 않을까.

켈로이드 피부

켈로이드는 상처가 생긴 자리에 비정상적으로 섬유조직이 밀집되어 성장하는 질환으로 상처나 염증 발생부위의 크기를 넘어서 주변으로 자라는 성질을 갖고 있다. 또는 피부의 결합조직이 병적으로 증식하여 단단한 융기를 만들고, 표피가 얇아져서 광택을 띠며 불그스름하게 보이는 양성 종양이다. 한마디로 켈로이드는 상처로 인한 흉한 흉터이다.

문제는 흉터가 계속 커진다는 것이고, 더 큰 문제는 시시때때로 나를 간지럽게 한다는 것이다. 이것은 오래오래 나를 괴롭혀 온 나의 피부이다.

여자라면 누구나 에스라인의 비키니를 입은 자신을 꿈꾸지 않을까. 하지만 나에게 비키니란 사치다. 언젠가 버킷리스트에 적어본 적은 있지만, 이내 지울 수밖에 없었다. 켈로이드 흉터를 수술해 제거하더라도 수술로 인한 상처만큼 켈로이드가 더 커진다는 사실을 알았기 때문이다.

학생 때의 일이다. 목욕탕에서 옆에 계신 아주머니가 나의 불주사 흉터를 보며 심하게 놀란 적이 있다. 나의 얼굴과 흉터를 번갈아 보던 그 표정을 잊을 수 없다. 그날 이후 내 피부에 대한 다른 사람의 시선을 무시할 수 없게 됨은 물론, 옷을 벗어야 하는 공개된 모든 장소가 싫어졌다.

찜질방, 목욕탕, 수영장을 나아가 워터파크, 집이 아닌 다른 곳에서 씻거나 벗는 것 자체가 매우 어렵게 느껴졌다. 나의 피부는 나를 작게 만들었다. 그렇게 작아져 사라진 버킷리스트가 얼마나 될까. 어떠한 이유로 인해 이루지 못한 바람들은 애초에 죽기 전에 꼭 해보고 싶은 것이 아니었던 걸까.

나에게는 희미해져가는 버킷리스트 하나가 더 있다. 티 없이 맑은 푸른 바닷속을 원 없이 여행하는 것이다. 수영을 할 줄 모르는 나는 그림 같은 꿈을 꿀 뿐이다. 수영을 배워야 하는 수영장을 극복하지 못한다면, 비키니와 같이 버킷리스트에서 사라질 운명에 놓일지도 모른다는 생각을 했다.

갑자기 버킷리스트에서 지워야 한다는 생각을 하니 끔찍했다. 삶의 의욕을 잃는 듯했고, 모든 것이 의미 없다는 생각이 들었다. 그 순간 나는 알게 되었다. 나를 생생하게 살아 있게 해주는 원동력은 버킷리스트에 대한 간절함이라는 사실을.

비키니는 나의 간절함 순위에 들지 못했던 것이다. 그때의 나는 비키니를 입고 싶다는 간절함보다는 다른 사람의 시선이 더 중요했던 것이다. 애초에 버킷리스트가 아니었다.

바닷속을 여행하지 않는 나는 상상할 수 없었고, 그것을 꿈꾸지 않는 나는 내가 아니었다. 그때 나는 수영장을 갈 수 있는 사람이라는 것을 알았다. 어떤 방해물도 나를 막지 못한다는 것을 알았다. 순간 나의 몸에 있는 켈로이드 흉터가 더 이상 부끄럽지 않아졌다. 그 피부 또한 나의 일부였다. 그것은 바닷속 여행에 대한 나의 간절함이 만들어준 힘이었다.

그러고 보니 켈로이드 흉터는 버킷리스트와 닮았다. 켈로이드 흉터는 야금야금 피부를 먹어가며 자신의 영역을 키운다. 버킷리스트 또한 꿈을 먹으며 꿈 너머 꿈을 키워간다. 흉터는 자신을 간지럽게 만들어 잊지 못하게 하듯, 버킷리스트 또한 끊임없이 나에게 귓속말을 해대며 자신의 존재를 드러낸다. 이제 그만 떼어내려 해도, 흉터는 나에게서 떨어지지 않는다. 이미 한 몸처럼. 그것은 뗄 수 없는 나의 꿈이고, 꿈은 곧 나다.

영원한 친구

힘든 시기를 버틸 수 있게 해준 것은 다름 아닌 책이다. 책이 없었다면 버텨내기 힘들었을 거라 생각하니 책에게 한없이 고마울 따름이다.

암으로 인해 몸도 마음도 아팠던 그해 나는, 나를 자책의 지옥 속으로 몰아갔다. 지금까지의 나를 부정했다. 살아오면서 선택하고 결정 내린 모든 것들이 나를 아프게 만든 결과라고 생각했다. 그렇게 원망과 분노의 늪에서 헤어 나오지 못하며 허우적거렸다.

마음의 여유가 없어 책조차 눈에 들어오지 않았지만, 그럴 때마다 책은 더 애타게 나를 부르는 것만 같았다. 그때 읽은 책들은 하나같이 다 교과서 같은 이야기였다. 나 자신을 사랑하면 많은 것이 바뀐다는 둥 행복은 멀리 있지 않고 가까이에 있다는 둥 말이다.

그런 말들은 다 팔자 좋은 사람들이 하는 말이며 나에게는 다 사치라고만 느껴지던 때였다. 자신을 사랑하지 않는 사람이 어딨냐며, 나를 사랑하지 않고 있다는 것 또한 인지하지 못했다.

누구나 자신을 당연하게 사랑한다고 생각했지만, 지금은 어렴풋이 알 것 같다. 자기 자신을 진정으로 믿고 온전히 사랑하기란 결코 쉽지 않음을 말이다. 온라인 시대를 살아가는 요즈음 더군다나 자신에게 집중하기란 어려운 일이다.

언제고 내 옆에 거머리처럼 따라다니는 핸드폰이란 녀석은 나에게 많은 것을 주지만, 그만큼 많은 것을 앗아간다. 가장 큰 문제는 주체성을 빼앗겨서 늘 다른 사람들의 시선을 의식하게 만든다는 점이다.

누군가가 어딜 가고 무엇을 먹고 즐기는지 클릭 한 번으로 알 수 있는 세상이 되었다. 그에 대응이라도 하듯 만들어지고 꾸며진 나를 자랑삼아 세상에 내놓는다. 나 또한 거머리 녀석에게 시간을 저당잡힌 듯 살아왔었다. 그런데 언젠가부터 일부러 거머리를 떼어놓고 책을 들었더니 비로소 나와 친해지기 시작했다.

내가 무엇을 좋아하는지, 무엇을 하고 싶은지, 무엇에 가치를 두고 사는지, 좀 더 구체적으로 앞으로 어떻게 살아가고 싶은지, 나에 대해 생각하게 되었다.

뒤를 돌아보고 앞을 내다볼 여유가 생겼다. 책은 나에 대해 생각할 수 있는 여유를 선물해 주었다. 그뿐만이 아니다. 힘든 상황에서 나를 더욱 힘들게 만드는 것은 나 자신임을 알게 해주었다. 책과 같은 좋은 스승을 항상 곁에 둔다면 문제들을 슬기롭게 헤쳐나갈 지혜와 잔잔한 행복을 얻게 된다.

책과 함께라면 어디든 언제든 평화롭다. 나에게 집중하니 행복하고, 책에 집중하니 하루가 풍요로워진다.

묻지도 따지지도 않는다. 찾을 때마다 곁을 그대로 내어주며 위로와 응원을 보내주는 영원한 친구다. 언제나 마음을 편안하게 해주는 고마운 친구다.

힘들 때는 조언을 해주는 스승이 되어주기도 하고, 우울할 때는 어깨를 빌려주는 친구가 되어주기도 하고, 쉬고 싶을 때는 그저 나의 말을 들어주는 나무가 되기도 한다. 거절 한 번 하지 않고 곁을 내어주는 고맙고 소중한 존재다.

책에게 고백하고 싶다. 나 자신을 사랑하게 만들어줘서 고맙다고. 힘든 시기에 곁을 지켜줘서 고맙다고. 덕분에 무슨 일을 해도 나를 믿고 괜찮다고 말해 줄 수 있게 되었다고. 하고 싶고, 원하는 일을 할 수 있는 용기를 갖게 되었다고. 실수하더라도 토닥여줄 수 있게 되었다고. 과거에 갇히지 않고 미래를 걱정하지 않고 현재를 즐길 수 있게 되었다고. 내일은 오늘보다 더 행복할 거라 믿게 되었다고. 내 삶의 주인으로 살 수 있게 되었다고. 모든 것이 너의 덕분이라고. 항상 믿어주고 응원해줘서 고맙다고. 너의 깊음에 늘 감동한다고. 그리고 감사하다고. 나의 친구가 되어줘서 행복하다고. 영원히 함께하자고. '사랑해 친구'

미래를 흔드는 타로카드

어느 모임에 갔다가 얼떨결에 타로카드를 보게 되었다. 카페 주인은 자신이 현재 타로카드를 배우고 있으니 오늘만 특별히 무료로 해준다고 했다. 같이 온 친구들은 너도나도 환호하며 어떤 질문을 할까 생각했다.

어떤 친구는 결혼 상대에 대해, 또 다른 친구는 현재 직장에 대해, 투자한 어떤 것에 대해 물어보자며 서로 이야기꽃을 피웠다. 카페 주인의 타로카드 덕분에 모임 분위기가 한층 더 달아올랐다.

미래를 단정 짓는 무언가를 듣는 것이 달갑지 않았던 나는 타로카드를 보지 않을까도 생각했지만, 모임 분위기에 덩달아 들떠 타로카드가 궁금해졌다. 지금 하는 일이 언제부턴가 지지부진하게 느껴졌기 때문에, 결국 재미 삼아 물어보기로 마음먹었다.

카페 주인은 타로카드를 뽑기 전에 말했다.

"궁금한 점을 말해보세요."

"지금 하고 있는 일이 잘 풀릴지 궁금해요."

"타로카드 세 장을 뽑아보세요."

말이 끝나자마자 타로카드 세 장을 뽑았고, 카페 주인은 한 장을 마저 뽑아 그 옆에 놓으며 이야기했다.

“당신이 뽑은 세 장은 과거와 현재, 그리고 미래를 나타내주는 카드예요.”

오랜만에 느끼는 감정이었다. 뭔가 설레면서도 두려웠다. 타로카드나 점을 볼 때 앞날이 긍정적으로 나오면 좋지만, 만약 부정적인 이야기를 들었을 경우 나도 모르게 안 좋은 영향이 미칠 거란 생각에 찜찜해지기 때문이다. 이런저런 생각이 오가는 동안 카페 주인이 카드를 뒤집으며 이야기했다.

“처음은 순수하고 맑은 의도로 시작했어요. 그런데 지금 선택의 기로에 서 있네요. 아무도 위협하지 않는데 혼자 생각이 많네요. 그리고 세 번째 카드. 미래의 카드는 해명이 없는 카드를 뽑으셨네요. 타로카드에서 해명이 없는 카드는 별 볼 일이 없다는 카드예요.”

듣는 순간 역시 괜히 봤다는 생각과 후회가 밀려왔다. 재미로 도박하다 올인 당한 기분이었다.

내가 온 마음을 다해 노력하는 일이 별 볼 일이 없다니. 안 믿으면 그만인 걸 알지만 속상한 마음은 어쩔 수 없었다. 아니라고 되뇌었지만, 부정적인 생각이 끊이지 않았다.

‘그 일과 안 맞는다고 느꼈는데, 역시 잘하지 못하는 거였어. 계속한다고 해도 별 볼 일이 없을 거야. 이대로 접어야 하는 건가.’

모르는 사람의 한마디에 지금까지 노력해왔던 모든 시간이 물거품이 되어버리는 것만 같았다. 순간 아차 싶었다. 나는 지금 무슨 생각을 하고 있는 건가. 찰나의 부정이 나를 삼키는 건 순식간이었다. 정신을 가다듬으며 지금 드는 생각들을 멈추려 노력했다.

조금씩 마음이 진정이 되면서 부정적인 생각들이 가라앉기 시작했다. 그러면서 마지막 세 번째 카드를 다시 생각했다. 해석할 수 없다던, 별 볼 일이 없다던 카드 말이다. 그 카드는 해석하기 나름이 아닌가. 그 카드는 백지다. 별 볼 일이 없다고 해석하기보다 백지기 때문에, 그 어떤 것도 그릴 수 있다.

내 미래는 별 볼 일이 없다고 정해지지 않았다. 하얀 도화지 위에 내가 그려 나가면 된다. 어떤 선택을 해나가든 앞날은 내가 만들어갈 수 있다. 어떤 상황에서도 보는 관점과 해석을 달리한다면 상황을 유리한 쪽으로 끌어올 수 있다.

더 이상 다른 사람에게 나의 미래를 물어보지 않을 것이다. 나 또한 그랬지만 주위를 보면 자신의 인생을 다른 사람에게 맡기는 사람을 많이 볼 수 있다.

자식의 미래 혹은 배우자의 미래, 자신의 주머니의 미래까지도 돈을 주며 맡기기까지 한다. 궁금해서, 걱정이 앞서서, 자신이 없다는 등 많은 이유로 미래를 팔아넘긴다. 그런 식으로 팔아넘기기에는 인생이 너무 소중하지 않은가. 재미로 나의 미래를 맡기기에는 대가가 너무 크지 않은가.

다른 사람 말에 나의 인생이 휘둘리게 놔두지 않아야겠다. 소중한 나의 미래를 흔들게 놔두지 않아야겠다. 타로카드에게 질 수 없다.

내 인생의 빛은 오직 나만이 만들고, 나만이 빛낼 수 있다.

예전에는 책을 도서관에서 빌려서 봤는데 요즘은 사서 볼 때가 많다. 생일선물로 책을 받은 그 이후부터이다. 선물 받은 책을 보며 반절로 접어 표시하기도 하고, 빨갛게 노랗게 줄도 그어가며 이런 저런 생각도 쓰며 책을 읽었더니, 그전에 읽었던 책들은 가짜로 읽은 것만 같은 기분이 들었다.

그 후로 가끔 나에게 선물을 해준다. 그런데 읽고 싶은 책을 매번 사자니 그 또한 만만치 않게 느껴졌다. 한 달에 대여섯 권만 사도 금방 십여만 원이 훌쩍 넘었다. 그래서 이용하게 된 온라인 중고서점.

깨끗한 상태의 착한 가격이 존재하는지 확인한다. 따끈따끈한 신상 책 외에는 대부분 온라인 중고서점에 존재한다. 특별한 날, 위로받고 싶은 날, 힘을 주고 싶은 날, 의미 부여하며 갖고 싶었던 책을 나에게 선물한다.

처음에는 다른 누군가의 체취가 묻어있는 책이 썩 좋게 느껴지지 않았지만, 읽을수록 점점 다른 사람이 그어 놓은 밑줄이나, 써 놓은 생각을 엿보는 재미를 느꼈다.

의미를 부여한 날에 맞추어 도착한 책은 나를 들뜨게 만든다. 역시 미리 주문한 보람이 있다. 그런데 어떻게 된 일인지. 한번은 택배 상자를 뜯는 순간 고개를 갸우뚱하며 주문했던 리스트를 확인하게 만든 일이 있었다.

분명 나는 책을 한 권 주문했거늘. 택배 상자 안에는 책 세 권과 함께 냉면 두 봉지가 들어있었다. 처음에는 보낸 분이 주문을 착각했다고 생각했다. 하지만 이내 감사함에 감동이 밀려왔다.

책만 세 권 들어 있었다면 끝까지 주문을 착각하고 보낸 거라 생각했을지도 모른다. 하지만 어떤 누구라도 책을 냉면으로 착각하진 않았으리라. 그것도 두 개씩이나.

내가 지불한 것은 냉면 한 봉지의 값이거늘. 책 세 권과 냉면 두 봉지가 담겨 있는 상자를 한참을 바라보며 그저 감사함을 느꼈다.

오래전부터 알고 지내온 분에게 따뜻한 선물을 받은 기분이었다. 뜻밖의 선물은 나의 하루를 따뜻하게 해주었다. 연락처라도 안다면 잘 먹겠다고 감사하다고 전했을 텐데 말이다.

요즘 세상은 조금이라도 잘해주는 이가 있으면 무엇을 뜯어가려고 저러나 의심스러운 마음에 거리를 두곤 한다. 먼저 건네는 친절과 따뜻함에 감사는커녕 의심스러운 눈초리를 보내기 일쑤다. 그러니 주는 사람 또한 조심스러워지는 세상이다.

이런 척박한 세상에 따뜻한 선물을 받은 나는 행운아다. 누군가가 나를 행운아로 만들었듯 나 또한 누군가를 행운아로 만들어

주고 싶다. 행운아가 행운아를 낳아, 행운아로 가득한 세상을 그려본다.

척박한 세상이 기름진 세상으로 바뀐 행운의 세상을 꿈꿔본다.

새로운 세계

하고 싶은 무언가를 하고자 할 때 꼭 방해물이 나타난다. 그 방해물에는 여러 가지가 있다. 대표적으로 돈과 시간일 것이다. 퇴근 후 저녁 시간을 제외하면 무언가를 할 시간이 많지 않으며, 악기라도 하나 배울라치면 돈을 무시할 수 없게 된다. 물론 결혼 후 아이가 생기면 나의 시간은 나만의 것이 아니다.

그 이외로는 용기가 부족할 수도 있을 것이고, 꾸준함이 부족할 수도 있을 것이며, 혹은 무엇을 하고 싶은지조차 모를 수도 있다. 나는 그동안 나열한 것 중 어느 하나를 피해 가지 못했다.

언젠가 책 보기를 습관적으로 만들고 싶었던 나는 매일 한 장이라도 책을 보겠다는 다짐을 했던 적이 있다. 다짐 첫날, 책상 앞에 앉아 책을 펼치려는 순간, 평소에 아무렇지 않게 느껴졌던 책상이 너무 지저분하게 보이기 시작했다. 전형적으로 공부 못한다고 소문난 스타일. 공부하기 전에 책상 정리하다 끝나는 스타일.

'역시 책을 보려면 책상을 먼저 치워야 제 맛이지.'

몇 날 며칠 책상만 치우다 작심삼일로 끝난 적이 한두 번이 아니다. 운동 또한 마찬가지다. 달력에 열심히 나의 목표 몸무게를 적어 두고, 무조건 에스 라인을 만들어 보겠노라 다짐하지만, 헬스장에 입고 갈 운동복이 없다는 걸 깨닫는다. 인터넷 쇼핑 후, 운동복을 기다리느라 나의 열정과 의지는 눈 녹듯 녹아버린 경험 또한 많다.

자격증이나 영어 혹은 다른 공부 또한 마찬가지다. 지금 생각해 보면 무언가 하고 싶은 것을 하지 못하는 큰 이유는 나 자신 때문이다. 끊임없이 핑계를 만들어낸다.

사람은 본능적으로 익숙함과 편안함에 안주하려는 성향을 보인다. 때문에 '지금의 나'에게서 벗어나려는 것을 무의식이 방해한다고 앞에서도 말한 바 있다. 그 어떤 핑계를 만들어서라도 나아가려는 새로운 세계를 차단하려 든다고 말이다. 새로운 세계를 겪어 보지 않았기 때문에 자신도 모르게 두려움이 생긴다고 말이다.

그 사실을 인지한 후에는 무언가를 도전하거나 시작할 때 스스로 핑계 댈 수 없었다. 알면서도 모르는 척 포기할 수 없었다. 오늘 내가 하고자 한 것들을 책상이 지저분하다는 핑계 따위로 포기할 수 없었다. 무의식에게 잡아먹히고 싶지 않았다. 지저분한 방과 책상에서도, 어떤 두려운 이유와 생각 앞에서도, 일단 의자에 앉아 노트북을 켠다. 그리고 키보드를 누른다.

두려움을 이겨내 새로운 세계에 한 발짝 나아가고 싶다. 그리고 새로운 세계가 무서운 곳이 아니라는 것을 나에게 증명해 보이고 싶다.

익숙하지 않은 모르는 세계, 모르는 길, 처음 하는 도전은 두려울 수 있지만, 내가 원한다면 나아갈 가치가 있다는 것을 나의 무의식에게 알려주고 싶다. 경험해본 것만이, 안전한 것만이 전부가 아니라는 사실까지도.

외로움과 고독

이따금 연락하는 친구들이 묻는다.

"거기로 이사 가서 안 외로워? 아는 사람 아무도 없잖아."

"난 정말 혼자 잘 놀아. 하나도 안 외로워."

항상 같은 대답을 했다. 외롭다고 하는 친구들을 보면 공감할 수 없었다. 살아가기도 바쁜데 외로움 또한 신세 좋고, 걱정 없는 사람이나 느끼는 거라 생각했다. 독립심이 강한 나는 외로움 같은 거는 잘 타지 않는다고 생각했다. 어쩌면 상관없는 둘을 늘 연결 지었다.

아무래도 누군가에게 의지하지 않고 살아가려는 나였기에, 다른 사람에게 '외롭다'라고 말하면 그에게 의지하게 되어버리는 것 같아 그 둘을 뗄 수 없는 관계로 만들었던 것 같다.

잠 못 이루는 고요한 새벽 왠지 모를 쓸쓸함이 감돌았다. 안개 짙은 알 수 없는 어딘가에 오랫동안 홀로 둥둥 떠다닌 기분이었다. 생명체라고는 어디에도 보이지 않으며 세상에 홀로 남겨진 기분 같았다. 이런 느낌이 외로움일까. 하지만 외롭다기에는 양옆에 두 남자가 사랑스럽게 자고 있다. 누군가 옆에 있다고 해도 외롭지 않은 것은 아닌 걸까.

평소 외로움과 친하지 않아 이상한 기분까지 느껴졌다. 곧 외로움에 대해 찾아보는 지경에 이르렀다. 한참 찾아보다 어떤 글을 마주하게 되었다.

> 우리는 오랜 시간 외로움과 고독을 구별 지어 생각하지 않았다. 연결되는 대상이 다르다. 외로움이 타인과의 연결이 잘되지 않을 때 느끼는 감정이라면, 고독은 자기 자신과 관계를 맺는 것에서 나타나는 것이다.

쓸쓸한 감정을 안고 이 글을 보고 있자니, 나에게 애잔한 마음이 일었다. 타인과의 관계가 아닌 나와의 관계로 인해 느낀 감정같았기 때문이다. 내가 나를 알아주지 못하고, 어딘지 모를 곳에 홀로 방치했다는 생각이 들었다. 이내 마음도 잠시, 다음 구절을 읽으며 언제 그랬냐는 듯 새로운 기분이 나를 맞이해주었다.

> 타인들의 지지에 기대지 않고도 홀로 있을 수 있어야만 성숙한 사람이다. 고독이 어려운 점은 자기 자신과의 관계에서 평화를 찾아야 하기 때문이다. 풍부한 내면적 삶이 있어야 고독에 몰입할 수 있으며, 고독은 뭔가를 창조해낼 수 있는 기회를 준다.

새로운 기분을 느낀 것은 외로움과 고독에 대해 잘못 생각하고 있다는 것을 알았기 때문이다. 이 글을 읽고 나는 지금보다 성숙한 사람이 될 수도 있겠다는 생각이 들었다.

또한, 고독을 통해 나와의 관계를 다잡아 가며 평화를 찾게 된다면, 기회가 나에게 찾아와 줄 거라 생각하니 쓸쓸하던 감정이 희망으로 바뀌었다.

그런 생각에서 어쩌면 고독과 함께 살아가는 것은 인간의 숙명일지도 모르겠다. 사람이라면 모두 성숙함으로 나아가는 과정 중에 있으니 말이다.

그저, 진심

‘라바송’ 악보를 나눠주시며 우쿨렐레 연주로 인기 좋은 곡이라고 알려주시는 친절한 선생님. 라바송을 잘 모르시는 분은 검색을 통해 듣고 오면, 수업에 큰 도움이 될 거라고 말씀하신다.

라바송을 모르던 나는 집에 돌아가 라바송을 찾아 듣기 시작했다. 동영상을 재생시키니 화산섬 화면이 나오며 노래가 시작되었다. 화산섬은 홀로 오랜 시간을 보내며 외롭게 지내온 사랑 이야기를 담은 노래였다.

움직이지 못하는 화산섬은 자신 밑으로 지나가는 커플들을 보며 한없이 부러워하는 나날들을 보내며 꿈을 꾼다. 자신에게도 사랑하는 사람을 보내 달라고 말이다.

자신의 상황을 알지 못하는 것인지, 왠지 이루지 못할 꿈을 꾸는 것만 같아 안타깝고 마음이 아팠다. 다행히 노래는 거기서 끝나지 않았다. 땅속 깊은 곳에서 그 노래를 들으며 사랑을 키워온 존재가 있었다.

그 존재는 용암이었다. 매일 같이 화산섬이 부르는 노래를 땅속 깊은 곳에서 듣고 있었던 것이다. 결국, 용암이 폭발해 둘은 만나게 되었고, 나는 파티라도 열어 축복해주고 싶은 심정이었다.

라바송은 나에게 감동을 주었다. 역시 꿈은, 자신을 간절히 바라는 이들을 배신하지 않는다는 생각을 했다. 화산섬에게 맞는 여인이 있을 거라고 상상하지 못했던 것처럼, 아무리 이루어지지 못할 것 같은 꿈이라도, 간절히 꿈꾸는 자는 라바송에서 노래하는 것과 같이 땅과 바다, 그리고 하늘이 돕는다고 생각한다.

그 어떤 불가능한 꿈도 일단 믿고 품어보는 것은 어떨까. 말도 안 되는 기적같은 날이 우리에게도 올 수 있지 않을까. 땅과 바다와 하늘, 그리고 온 우주가 한 치의 의심도 없는 간절함에 감동할지 아무도 모르지 않은가.

그저, 진심을 담아 기도한다.

이상한 가족

언젠가 스스로 이상하게 느껴져 정신병원을 찾아가 봐야겠다는 생각을 한 적이 있다. 지나고 보니 어떤 일로 인해 왜 그런 생각을 하게 되었는지조차 기억나지 않는다. 그냥 '난 참 이상한 사람'이라 생각했던 기억만 남았다.

어렸지만 그 당시에는 무척 진지했고, 심각했으며 병원에 가보아야 할 상태라고 나름대로 판단했던 것 같다. 물론 지금은 정신병원에 누구나 갈 수 있다고 생각하지만, 그 시절에는 이상한 사람이 가는 병원이라 생각했다. 결정적인 순간마다 책이 항상 나의 손을 잡아줬고, 결국 책에 빠져들며 그런 생각을 잊곤 했었다.

읽기만 하다 쓰게 되었고, 쓰면서 감사한 인연을 만나 송미경 작가님의 《돌 씹어 먹는 아이》라는 재미있는 동화책 이야기를 듣게 되었다. 그 이야기는 이상한 가족에 대한 것이다.

> 가족 네 명 중 막내는 돌을 좋아했어요. 좋아하는 돌을 주머니에 넣고 다니며 씹어 먹곤 했는데, 계속 돌을 먹던 막내는 자신이 이상하게 느껴졌어요.

짧은 순간이었지만, 실감 나는 이야기 속으로 빠져들었다.

> 자신이 돌을 먹는다는 사실에 혼자 자책하던 막내는 그 사실을 가족에게 털어놓았어요. 누나에게 말했더니 자신은 못을 씹어 먹는다고, 엄마에게 말했더니 엄마는 쥐를 잡아먹는다고, 아빠에게 말했더니 아빠도 먹지 못 할 무언가를 먹는다고 고백했던 거예요.

이상한 가족 이야기를 듣고, 잊고 지낸 옛 기억이 떠올랐다. 이상한 나를 견디지 못했던 그 시절이. 아무에게도 털어놓지 못하고 정신병원을 서성이던 그 시절이. 이상한 가족 이야기처럼 어쩌면 사람은 누구나 이상한 점 하나씩은 가지고 있지 않을까. 말하지 않아서 아무도 모를 뿐, 저마다 이해할 수 없는 이상함을 품고 있지 않을까. 그러니 자신의 이상함을 견디지 못해 괴로워하지 않아도 될 것 같다. 이상함을 숨기려 굳이 애쓰지 않아도 될 것 같다. 그저 이상한 나를 바라봐주고, 그런 점도 나라는 것을 인정해주면 되지 않을까. 또 모르지 않나. 이상한 내가 감동하여, 이상한 점을 개성으로 승화시켜 나를 먹여 살릴지도 말이다.

왈칵 쏟아진 꿈

왈칵. 강의를 듣다가 쏟아진 눈물. 그때는 다른 사람의 시선도, 창피함도, 그 어떤 것도 보이지 않았다. 무엇보다 나 자신조차 그 눈물의 의미를 찾지 못한 것이 내내 마음에 걸렸다.

평소 다른 누군가의 앞에서 눈물을 비치는 것을 좋아하지 않지만, 그때만큼은 신경 쓸 수 없었다. 멈출 수 없던 눈물의 의미는 무엇이었을까.

도망치고 있는 내가 한심하게 느껴져서 쏟아진 눈물일까. 누군가는 벌써 나와 같은 꿈을 이루고 빛을 내고 있는데, 나는 뭐하나 싶은 생각이 들어서였을까. 물론 그 사람과 나는 살아온 세월도, 시작도, 속도도 다르다는 것을 안다. 알지만, 알수록 초라해진다.

수없이 '다시'를 외쳤지만, 꿈으로부터 도망치며 편안을 찾고 있는 나를 느꼈다. 아니라고 잠시 쉬어가는 것이라고, 나의 속도에 맞추는 것이라고 말하지만, 나에게 꿈은 버겁게 느껴졌다. 그런 이유로 달아나고 있었다. 맞서 싸우지 못하고 백기를 들고 있었다.

꿈이 있으면 위안이 되지만, 꿈을 이루려면 그만큼의 대가를 치러야 한다. 즐기기만 하며 꿈을 이루는 사람은 많지 않을 것이다.

내적이든 외적이든 괴로운 나날들과 싸워 이겨내야만 한다.

그때는 어떤 꿈이라도 대가를 치러야 한다는 것을 알지 못했다. 준비되지 않은 나의 발버둥은 부족함을 드러내는 것만 같아 작아졌다. 작아지고 작아져서 내가 사라질 것만 같아 두려웠다. 두려운 나머지 내가 사라지기 전에 포기해야겠다는 생각만 남았었다.

'애초에 그 일은 나와 맞지 않았어. 역시 난 해낼 수 없어. 천재적인 사람들만 꿈을 이루는 거야. 지금 나의 삶도 살 만한데 뭐 하러 그렇게 애를 써. 그냥 흘러가는 대로 편안하게 살면 되지.'

결국, 포기해도 되는 이유와 꿈을 이루지 않아도 괜찮다는 온갖 핑계와 나름의 위안을 되뇌었다. 꿈을 잊고 마음의 평화를 찾을 만하면, 반박이라도 하듯 책이 말한다. 간절히 원하면 이루어진다고.

그럼 나는 간절하지 않은 꿈을 꾸고 있다는 걸까. 아니면 그 꿈을 이루는 데 간절함이 부족하다는 걸까. 그 와중에 간절함이란 무엇일까 찾아보았다. '마음속에서 우러나와 바라는 정도가 매우 절실함'이라 사전에는 나와 있다. 그 사전을 들여다본 순간, 누군가가 자신의 꿈에 대해 말했던 기억이 난다.

"그 꿈을 이룬다면, 나는 죽어도 여한이 없다."

꿈을 이루고 싶다면 죽어도 여한이 없게 꿔야 하는구나 싶었다. 그렇다면 이루지 못할 꿈이 없겠구나 싶었다. 강의를 듣다 왈칵 눈물이 쏟아진 이유는 내 안의 깊은 곳에서 꿈의 부름을 들었기 때문이 아닐까. 멀어져만 가는 자신을 잊지 말라는 신호이지 않았을까.

아마도 나는 이 눈물을 통한 부름을, 신호를, 평생 잊지 못할 것이다. 한번 사는 인생 절절하게 꿈꿔볼 것이다. 죽어도 여한이 없을 꿈을 품어볼 것이다. 그 마음 담아 꿈꾸는 매 순간, 용기 낼 것이다.

생명의 가치

간만에 친정에 아이를 맡기고 홀로 영화를 보러 갔었다. 영화표를 끊고 시간이 남아 의자에 앉아 기다리고 있는데, 반대 측 의자에 승호 또래로 보이는 아이와 아이 엄마가 팝콘을 먹으며 앉아 있었다. 엄마가 된 후로 유난히 더 아이들에게 눈이 간다. 귀엽게 생긴 아이는 엄마를 부르더니 손가락으로 가리킨다.

"엄마! 저기!"

"뭔데?"

"벌레야 벌레."

무당벌레도 영화를 보러왔는지 바닥을 기어 다니고 있었다. 공주처럼 차려입은 귀여운 아이는 벌떡 일어나 벌레에게 달려갔다. 쪼그려 앉아 기어 다니는 무당벌레 모습을 관찰하겠거니 생각했던 내 예상과는 달리, 단 한 번의 망설임도 없이 발로 밟기 시작했다.

순식간에 일어난 상황에 무당벌레 역시 날아갈 준비를 하지 못한 듯하다. 나는 고개를 돌렸지만, 또 다른 잔인한 생각들이 떠올랐다.

놀이터에서 개미를 따라다니며 발로 비비는 아이, 잠자리 날개를 뜯는 아이, 돌멩이로 개구리를 내려치는 아이, 생명체에 대한 호기심과 관찰이 아닌 놀이로 생각하는 아이들, 생명체를 쉽게 생각하는 이들 말이다.

발길질이 끝났는지 소리가 들려오지 않기에 다시 고개를 돌려 아이를 쳐다보았다. 별거 아니라는 표정으로 아이는 엄마에게 돌아갔다. 아이의 행동을 보고 엄마가 무어라 얘기할 줄 알았는데, 아무런 대화도 오가지 않는다. 도리어 내 입이 붕어처럼 뻐끔대며 모녀를 멍하니 바라볼 뿐이었다.

거기서 끝났으면 좋으련만, 영화표를 슬쩍 보더니 시간이 되었는지 엄마가 아이에게 일어나라고 손짓했다. 아이의 엄마는 걷던 중 무당벌레 앞에 멈춰 서더니 발로 확인 사살을 하는 것이었다.

아이는 아이니깐 멋모르고 하는 행동이겠거니 생각할 수 있는데, 아이 엄마의 행동은 이해할 수 없었다. 아니, 어떤 사유이건 어떤 사연이건 이해하고 싶지 않았다. 형체를 알아보기 힘들 정도의 무당벌레가 그저 불쌍할 뿐이었다.

사람처럼 잔인한 것이 또 있을까. 밖으로 내보내주는 것은 고사하고, 그냥 놔뒀다면 영화 보다 스스로 출구 찾아 나갔을 텐데, 영화관에 아무런 피해도 주지 않는 무당벌레에게 너무 잔인하다.

말 못 하는 어떤 작은 생명체라도 생명은 소중한 것인데, 어린아이가 생명의 가치에 대한 가르침을 받지 못하는 것이 안타까울 따름이다. 아이 엄마 또한, 소중한 가르침을 받지 못하고 자란 것일까. 아니면 안 좋은 추억이 있는 것일까. 알 수 없지만, 기회가 된다면 아이들에게 이야기해주고 싶다. 어떤 이유와 상황에서건 생명은 소중하다는 사실을. 알려줄 어른이 곁에 없더라도 잊지 않도록.

'살아 숨 쉬는 사람이 소중하듯 말이야, 크기와 모습이 어떻든 생명이라면 지켜주어야 할 소중한 가치가 있어. 우리보다 약한 이들에게 좀 더 베풀고, 자연과 더불어 살아가자. 얘들아.'

텔레비전 프로에서 누군가 초등학생에게 물었다.

"어른이 되면 어떤 사람이 될 거야?"

대답하지 못하고 머뭇거리는 모습에 다른 어른이 나선다.

"훌륭한 사람이 돼야지."

그 뒤에 이어지는 가수 이효리의 말이 잊히질 않는다.

"뭘 훌륭한 사람이 돼? 그냥 아무나 돼."

스쳐 지나가듯 들은 이효리의 말을 처음에는 내가 잘못 들었다고 생각했다. 그녀의 말을 되새김질한 이후에야 깨달은 나 역시, 훌륭한 사람에 대한 맹목적 쫓음을 해왔다는 것을 알았다.

우리는 알게 모르게 어릴 적부터 훌륭한 사람이 되어야 한다는 가르침을 받는다. 물론 훌륭한 사람이 되려고 노력하는 것은 좋지만, 우리 사회의 가르침에는 '나'가 빠져있다.

내가 없는 훌륭함에는 어떤 의미가 있을까. '나'를 먼저 세우고 그다음 훌륭함으로 나아가야 하지 않을까.

학생에게 했던 어른들의 질문이 바뀌어야 되지 않을까 생각해 본다. '어른이 되면 어떤 사람이 될 거냐'보다 '어른이 되면 어떤 일을 하고 싶냐' 혹은 '너는 무엇을 하면 제일 즐겁냐, 재미있냐'라고 말이다.

지금의 어른들도 자신이 무엇을 좋아하는지 어떤 일을 하고 싶은지 또는 잘하는지 모르는 사람이 많다. 학생뿐 아니라 어른에게도 해당되는 일이지 않을까.

김수현 작가님의 《나는 나로 살기로 했다》에서 글과 함께 그려진 그림 한 장이 내 마음을 사로잡았다. 어른과 아이의 대화를 담은 그림이다.

"커서 뭐가 되고 싶니?"
"다른 질문 없어요?"

속이 뻥 뚫리는 아이의 대답에 이어 '우리는 나 자신 외엔 아무것도 될 필요 없어요.'라는 글귀가 오래도록 내 마음에 울려 퍼졌다.

어쩌면 어떤 훌륭한 사람처럼 되려는 것보다 나다운 길을 찾아가는 것이 더 어려운 일이지 않을까 생각하며, 제일 나다워진다는 것은 그 어떤 일보다 가치 있고 빛나는 일이지 않을까 생각해본다.

아무것도 보이지 않는 컴컴한 그 길을, 내가 걷지 않으면 묻혀버릴 그 길을, 나 자신만이 걸을 수 있는 유일한 그 길을 향해 두렵지만 묵묵히 걸어갈 준비를 해보는 것은 어떨까.

늙음에 대해

"영희 왔냐? 애기는?"

"남편이랑 다 같이 왔어요."

"…… 근디 영희 결혼은… 언제 헐래?"

영원히 건강할 것만 같았지만, 날이 갈수록 점점 작아지는 할머니. 너무도 익숙하고 편안한 할머니지만, 낯설게 느껴지는 내가 싫을 뿐이다.

늙는다는 것은 익어가는 것이라 하지만, 사실은 너무 슬픈 일이다. 예쁘고 곱게만 익지 않기 때문이다. 그럼에도 불구하고 익을 때까지 존재한다는 것은 감사한 일이다.

온 가족이 다 일을 다녀 평소 집에 혼자 계셨던 할머니는 베란다에서 넘어져 다친 채 일어서지도, 식사도 못 하신 채 그대로 저녁까지 계신 적이 있었다. 그 이후에 할머니를 요양병원에 모시게 되었다.

친정에 가면 근처 요양병원에 계신 할머니를 찾아뵌다. 이전에 할머니를 뵈었을 때는 발음이 어눌해지셔서 도통 무슨 말씀을 하시는 건지 알아듣지 못했었다. 나를 보자마자 반가운 듯 많은 말을 하셨는데, 앉아서 갈 때까지 "영희 왔냐." 승호에게 "어서 먹어 먹어." 하는 것 외에는 잘 알아듣지 못해 죄송했다.

육체적 고통에 정신적 고통까지 더해져 얼마나 괴로우실까. 밤낮이 바뀐 생활을 하고 계시다는 할머니는 깨어 있는 긴긴밤 홀로 얼마나 외로우실까.

최근에 찾아뵌 할머니는 부쩍 야위어 보이셨고, 빛을 잃은 눈을 하고 계셨다. 할머니의 눈을 보고 있자니 나도 같이 잠들어 버릴 것만 같았다. 우리 영희 왔냐고 반겨 주던 목소리가 그리워 할머니를 한참 쳐다보며 눈물만 뚝뚝 흘렸다.

엄마 왜 우냐는 소리에 정신이 들었다. 돌아오는 차 안에서 슬픔은 사라지지 않았지만, 연신 떠들어대는 승호 덕분에 눈물은 금방 말랐다. 대신 늙음에 대한 글이 떠올랐다.

> 너희 젊음이 너희 노력으로 얻은 상이 아니듯, 내 늙음도
> 내 잘못으로 받은 벌이 아니다.

〈은교〉에 나오는 명언이다. 할머니의 늙음 또한 할머니 잘못으로, 누군가의 잘못으로 받은 벌이 아니다. 누구나 다 겪게 될 일이다. 순서만 다를 뿐, 시간이 흐르면 나에게도 찾아올 일이다.

그저 할머니의 늙음으로 가는 여정이 고통보다는 평안과 함께하기를. 바라고 또 바랄뿐이다.

작가가 덧붙이는 말

모든 걸 비추는 태양과 같은 엄마, 김윤남

넓고 청명한 바다와 같은 아빠, 최보경

모든 생명을 품은 땅과 같은 어머님, 박연옥

높고 푸르른 하늘과 같은 아버님, 문원만

천사 같은 사랑 그 자체인 아들, 문승호

세상에 하나 뿐인 나의 우주, 문정환

말로 표현할 수 없을 정도로

그들을 사랑합니다.

마지막으로,

인생의 어느 날 어딘가에 두고 온

우리 모두의 '나'에게

이 책이 선물 같은 시간이 되기를 바랍니다.

만든 곳에 대해서 더 알고 싶으신 분은 인스타그램 @chaeryunbook으로 방문해 주세요. 책만듦이의 비하인드 스토리, 출판사에서 일어나는 일상 기록이 담겨있어요.

어딘가에 두고 온 어느 날의 나에게

1판 1쇄 펴낸날 2020년 12월 31일

쓰고 그린이 최영희

책만듦이 김미정 책꾸밈이 이민현

펴낸곳 채륜서 펴낸이 서채윤
신고 2011년 9월 5일(제2011-43호)
주소 서울시 광진구 자양로 214, 2층(구의동)
대표전화 1811.1488 팩스 02.6442.9442
E-mail book@chaeryun.com Homepage www.chaeryun.com

책값은 뒤표지에 있습니다.
ISBN 979-11-85401-53-9 03810

이 도서의 국립중앙도서관 출판예정도서목록(CIP)은 서지정보유통지원시스템 홈페이지(http://seoji.nl.go.kr)와 국가자료종합목록 구축시스템(http://kolis-net.nl.go.kr)에서 이용하실 수 있습니다. (CIP제어번호 : CIP2020050842)

채륜(인문사회), 채륜서(문학), 띠움(예술)은 함께 자라는 나무입니다.
물과 햇빛이 되어주시면 편하게 쉴 수 있는 그늘을 만들어 드리겠습니다.